致大四

朱慧君
李雨及 / 著

To My Graduation

上海文艺出版社

一

对很多人来说,选择是一件很不容易下手的事,尤其是处在活性状态的青春时代,面对着无数个金光灿烂又前途暧昧的岔口,稍有闪失,就可能与精彩的人生擦肩而过,走上一条完全不同的生活道路。

大四这一年,就是这样一个很容易迷失的青春期……

正式进入大四的那个雨天,是我去美国耶鲁大学交流的日子。早高峰时的人民广场地铁站像一个巨大的魔盘,将大量的人流迅速地吸进又大量地吐出,作为公共交通,这里是最能体现平等的地方,因为没有局级以上干部和成功人士才能乘坐的特等舱,也没有官二代、星二代、富二代在这里炫耀,仅能体现特权的地方就是供残疾人和老人乘坐的直升电梯。

我、马悦和许见提着两个巨大的行李箱汇入这拥挤的早高峰时,都不由地被地铁里涌动的人流震撼住了,这哪是电影《地下铁》中看到的宽敞安静的地铁站,分明就是3D电影里非洲动物大迁徙中那百万角马过大江的气势,壮观得铺天盖地。

人民广场地铁站是上海最大的地铁站,这里有地铁一号线、二号线和八号线三个换乘点。因为巨大,从二号地铁换乘一号地铁或八号地铁时,得足足走上五分钟。

由大理石和灯光营造出来的地铁站,明亮而又梦幻,这里不仅有地铁,还坐拥着香港名品城、迪美商城、老上海风情街等商业区,这里同时也是无数地摊、快递中转等神出鬼没的地方,绝对的鱼龙混杂。

"早知道这么多人还不如我开车送你们去。"很少坐地铁的许见实在是被这么多的人流雷倒了。许见是媒体上常说的富二代,家里有好几辆名车伺候,自然是不用委屈坐地铁了。

马悦是我的资深男友,我们的友情始于初中时代,现在他和我是同校不同系的大四学生。

许见则是我复旦大学的同班同学,非常执著地追求了我好几年,尽管他知道我早已跟马悦两情相悦私定终身,但他表示可以退而求其次地做朋友,我想只要他不逼着我二选一,我就没有理由不理他!

这一次,他就是以朋友的名义来送我的。

好在马悦大气得很,宽容地允许他长期潜伏在我身边。

许见本来想开宝马车送我们，但我知道他喜欢在高速公路上飙车，为安全起见我谢绝了他的宝马，而选择了地铁。

地铁二号线的站台上人山人海，每扇门前都排着长长的队列，将站台塞得水泄不通，我们排在队列的末端，心里很为这种潮水般拥挤的场景而感慨，中国的人真多呀，到了美国恐怕就没机会见到那么多人了吧！

列车来了又走，走了又来，终于轮到我们被推进闷罐似的车厢。今天是七七中国情人节，空气中弥漫着玫瑰花的香味。车厢的电子屏上正反复播放的是一系列的出国留学广告，让人感到置身于出国大移民的热潮中。

恍惚中，我觉得背后被人拉扯了一下，我用手摸了摸，发现我那只心爱的单反照相机不见了，显然，我遇到了小偷。

我不由地惊叫了一声，车靠站了，车门打开的一刹那，一位瘦高的男青年拨开身边的乘客慌张地冲了出去，马悦发现他神情可疑，也跟着冲了出去。

"站住，站住！"马悦叫着。

那位男青年跑得更快了，左钻右窜，就消失在人群里了。

"抓小偷，抓小偷！"马悦边喊边紧跟着冲向楼梯，我和许见对视了一下，也一起往外冲，可因为人多，又拖着行李箱，还没挤出车厢，车门在我绝望的眼神中无情地关上了。

于是我和许见只得无奈地乘到下一站世纪大道下车，然后十万火急地乘反方向的列车回到了陆家嘴站。

站台上没有找到马悦，打他手机又没人接，我和许见一路扒开人流找到了地铁出口处，远远地就看见马悦倒在血泊中，他的手中，紧紧地抓着我那相机的一截背带。

周围聚集着几位好奇的围观者，但没有人上前救他。

我吓得心脏差点停止了跳动，立即扑到了他的身上："马悦，马悦，你怎么啦，你怎么受伤啦。"然后冲着许见大喊："许见，赶紧叫救护车！"

许见已经掏出手机在报案了。

旁边围观的路人见终于有认识马悦的人赶来，纷纷向我介绍情况："小姑娘，你是他女朋友吧，你男朋友很勇敢的，抓住了一个小偷，可惜小偷人多势众，把他打成了这样。"

"小偷呢？"我发疯似地问。

"逃走了。"一个路人说。

"他怎么伤成了这样，你们有帮忙一起抓小偷吗？"我悲痛地发问。

"大家不敢呀，小偷拿着刀呢。"路人无奈地说。

"可你们如果出手相救我朋友就不会伤成这样了？"我伤心地说。

"奇了怪了，我们为什么要救你朋友？我们又不是警察，要是我们也被打伤了怎么办？"另一位看似一表人才的路人不屑地回应我。

"神经病，抓小偷是警察的事，我们可不敢多管闲事。"一位戴着眼镜的路人忍不住骂了我一声,转身离开了。

许见见状终于忍不住愤怒上前一把抓住了他。

"你干、干什么?干什么?想要流氓?"那人紧张地发问。

"你才是神经病。"那人的话音刚落,许见的拳头就已打到了他的鼻梁上,那人的眼镜掉到了地上,随着"哗"一声,镜片碎成了天花。

场面一片混乱,被打的人抓住许见给予回击。

就在这时,警察来了,不分青红皂白地把许见和那人给抓起来带走了。

真是屋漏偏逢连夜雨啊!

"许见,许见……"我着急地阻止警察把许见带走,但根本就没用。警察一把拦住了我:"不要妨碍公务。"

我急哭了:"你们不能带走他,他是在主持正义。我的朋友受伤了,你们赶紧救他呀。"我指着躺在地上的马悦求警察。

"救护车马上就来了。"留下来的警察一边说,一边对着现场拍了几张照片。正说着救护车就来了,马悦被抬到了救护车上,我也想上车。警察说你得跟我们去一下派出所,我们要录证词。

"我不能去派出所,我要陪我的朋友。"我急得快哭了。

"等录了证词你再去医院看你朋友。"警察以毫无商量的语气说。我没有办法,只得拖着两个大大的行李箱上了警车。

一到派出所,我就见到了许见,他被关在一个小房间里,

我难过得要晕过去。

"许见，你还好吗？"我哭了。

许见没接我的话，却问："你疯了？你不去机场了，怎么来这儿了？"

"警察让我来录证词的。"

许见很干脆地说："等录完了证词你赶紧叫辆出租车去机场吧，应该还来得及赶上航班。"

"不行，你和马悦都这样了，我怎么还能去机场。"我不同意。

"我不会有事的，我已让他们打电话叫我爸来，我爸一来就没事了，马悦有我照顾着呢，你得赶紧去机场！"许见劝我。

"不行，就是你没事了我也不能丢下马悦不管，马悦他现在生死不明，我得照顾他。"我根本听不进他的劝说。

"那你不去交流啦？你不是一直想去耶鲁大学吗？"许见问我。

"耶鲁大学的事以后再说吧。"

这时，一位高个警官走过来招呼我："你跟我们来一下。"

"警察，我朋友是为了正义才动手的，你们放了他吧。"我跟着警官一路恳求。

"他的事你就别管了，你坐这儿。"说话间警官把我带到了一个小房间，指着一张椅子让我坐下。

我是第一次进派出所，吓得浑身发抖。

"说吧，姓名。"警官看了看我，公事公办地问。

"夏雨辰。"

"请出示你的身份证。"他又说。

我翻遍了所有的口袋也没有找到身份证，我这才想起因为到了美国不需要身份证，就把身份证留在了家里。

"我没有带身份证，我有护照，给你看护照行吗？"我怯怯地问。

"行吧！"警官倒没有为难我，接过我的护照往本子上抄着什么。

"你和他们是什么关系？"警官将护照还给了我。

"我们是同学。"我回答。

"说吧，把你知道的事情经过都告诉我们。"警官面无表情地说。

于是我一边哭着一边把事情的经过描述了一遍。

十分钟以后，警官请我看了一下他的记录，让我签字，我发现记录的文字跟我说的基本一致，就签了字。

警官又让我留了手机号码，告诉我可以离开了。

我关心许见和马悦的情况，警官很人道地告诉我，许见在等他的父亲来接他回去，马悦现在在瑞金医院急救。

我决定先去瑞金医院看马悦，临走前，我没忘了恳求警官迅速抓到凶手，为马悦报仇。

警官头也不抬地答应了。

从派出所拖着两个大箱子出来，我拦了一辆强生出租车就直奔上海瑞金医院，找到急救室，一把抓住从急救室出来的大眼睛护士问马悦的伤势，大眼睛护士告诉我马悦的胸骨、腰部多处受伤，正在进行抢救。

大眼睛护士说完扔下我就走了，我毫无办法，只得在急救室门口的椅子上坐下。

不一会儿，大眼睛护士回来了，交给我一张付款单让我去付费，我一看上面的数字，要预付两万元。还好我的银行卡里有五千美元，是爸妈让我到美国后作为生活费的，现在只好先用来救急了。于是我往收费处走去，用银行卡付了钱，然后回到急诊室门口继续等着。

一个小时后，马悦被推出了急救室，送入了观察病房。医生告诉我，马悦的胸部断了两根骨头，腰椎严重错位，最起码要卧床静养三个月。

"那他会有危险吗？"我急不可待地问。

"那要看他恢复的情况，护理很重要，护理不好，很容易留下后遗症，你们可以请一位护工帮忙照顾，不然你们家属忙不过来的。"医生说完就走了。

我愣愣地站在病床旁，没有去找护工，四年前我爸腰伤住院，请的护工阿姨超级的不靠谱，根本就不好好的干活，我决定暂时不请护工阿姨，自己学着护理。

由于麻醉还没有过去，马悦还在昏睡中。

我又给许见打个电话问候他那里的情况，手机响了很久也没有人接，想到他为了送我去机场却阴差阳错地被弄到了公安局，心里对他充满了十二万分的抱歉。生活真像一匹脱缰的野马，稍不小心就失去了控制。

又过了一个小时，正在我心如刀绞又无能为力的时候，许见仿佛从天而降地来到了我的身旁。

"你到底还是没有去机场？"许见看着我。

"我不能去啊，马悦怎么办？"我感觉自己终于找到了组织，心里安慰了一些。

"可以找护工啊，再说还有我呢？"许见说。

"我爸住院请过护工，那些护工根本没有责任心，不可能做到精心的照顾马悦。马悦的爸爸妈妈目前都在美国工作，上海没有亲人，你一个人也照顾不了，我是他的女朋友，怎么可以在他最需要我的时候临阵脱逃呢？"我坚持。

病房墙上的挂钟突然发出了一段悦耳的音乐，时间正好指向十点。

"你的那架航班起飞了，你这样放弃实在太可惜了，你确定将来不会后悔？"许见怔怔地看着挂钟，很替我可惜。

"以后总还会有机会的。"我说。

"雨辰，我真希望躺在这床上的是我。"许见用一双暧昧的眼睛看着我："这样我也可以享受你的无微不至了。"

"去你的，都什么时候了，还取笑我。"我不理他。

"我没胡扯,我说的是心里话。"

我真切地对他的真心话心存感激。

"对了,说说看,你是怎么离开派出所的?你爸来接你的?你打了人,警察没有为难你吧?"我一连串地发问。

"我爸来了,交了保释金,我就出来了。"许见轻描淡写地说。

"保释金?交了多少?我要还给你,你是为我才进去的。"

"我也不知道多少,是我先动手打人的,这钱怎么能让你付。"许见拒绝了。

"你真是我的钻石级朋友。"我感动地给他和我的关系作了定位。

"谢谢!"

"我很替马悦担心,希望他没事。"这个时候的我很需要有人来替我分担忧愁。

"放心吧,马悦不会有事的,吉人自有天相,他那么阳光,什么事也伤不到他的。"许见尽力地安慰我。

望着他,我终于忍不住哭了起来:"都是我不好,是我害了他,如果他不送我,就不会有事了。如果他不去追小偷,也不会受伤了,你说他怎么就那么的傻呢?照相机偷了就偷了,怎么比得上生命珍贵呢?"

"话可不能这么说,如果大家都求自保不去抓小偷,那这个社会不就大乱了嘛?"

一阵大风吹进了窗台，许见顺手将窗户关上，然后若有所思地说："你的男朋友，马悦，是一位有血性的男儿，过去我一直不服你爱他不肯爱我，这一回，我服了，我真心觉得他比我强，我要向他学习。"

"嗯，可是如果换了是你，你也会像马悦那样挺身而出吗？"女孩天生就有强烈的好奇心。

"我希望是，可惜我怕做不到。"许见歉意地对我笑了一下，递给我一张纸巾："擦一下吧。"我不好意思地接过，擦了一下眼泪。

我有些不好意思地望着他说："我这样子一定很难看吧，让你见笑了。"

"没有，你一哭，梨花带雨的可好看了，我都快要被你融化了。"他像哄小孩一样的哄我开心。

"我就是想不明白，为什么那么多人看见马悦受伤就不去救他呢，这些人怎么就那么冷血呢？"我自言自语地嘀咕着。

"我在报上还见过更冷血的呢，广东一个两岁的女孩，被车撞了，居然没有人去救她，耽误了抢救，活活地给送了命。"许见说。

"这事我也听说了，还有呢，八十岁的老太摔倒在街上，居然没有人去扶她，你说这人怎么就越活越没有人性了。"我也愤愤不平地表达着不满："这么些年，经济上去了，可道德水准却每况愈下，有一回有位年轻人去扶了一把摔倒的老太太，结果被老太太的家属诬告说老太太就是被他撞的,你说这种人还有没有人性。真是一粒老鼠屎坏了一锅粥,这种恶果造成了现代人越来越互不信任,越来越冷漠。"

"是啊,整个社会的信任危机会走下坡路啊。"许见强调说。

"怎么办啊,不能眼看着这么下去,我们总得做些什么,不然这个社会会变成感情的沙漠的。"我望着许见,期待许见能给个满意的答案,其实我知道,他哪能给出什么答案啊!

"这事就是马克思在世也不一定能解决得了,我能有什么办法?"果然,许见回答得干脆利落。

"我妈妈常说他们这代人的青春时代就像赵薇的《致青春》,贫穷但却依然豪情万丈,而今天的中国成了世界第二大经济体,但大家还是在苦苦地寻找迷失的幸福,无数和我们一样的年轻人喜欢用'囧'来形容自己的处境。我真想祈求上帝在我们每个人的心里点上一把火,让这个世界能温暖起来。"我祈祷。

"会的,一定会的,你那么虔诚,上帝一定会听到你的呼唤的。"许见显然是在安慰我。

我们说这些话的时候,马悦一直沉沉地睡着,像是在给这个世界无声的抗议。

我深深地看着他,站了起来,转向许见:"我要去小卖部买些毛巾什么的生活用品,你在这儿陪着马悦,行吗?"

"行啊,要不你在这儿陪着,我去买。"许见主动地说。

"还是我去吧,这种事我比你懂一点。我读高三时爸爸住过

医院，我知道该为病人买些什么。"

没等许见答应，我已走出了病房。等电梯的人太多，老旧的电梯却慢得如蜗牛似的考验着人们的耐心，我不愿久等，直接走楼梯下去。

在小卖部我买了马悦住院要用的脸盆、毛巾、肥皂、餐巾纸、消毒面巾等日用品，又买了一个躺椅以便在病房安营扎寨地守护马悦，我连拖带抱地提着这些杂货回到了马悦的病房。

瑞金医院很有名，但作为三甲医院，这里的病房条件却不敢恭维，不足十五平米的房间里放了三张病床，除了每人的一张床和一个床头柜，基本上只放得下几张方凳。我只好将躺椅暂时放在门外的走廊上。

马悦的床靠窗，光线很好，灿烂的阳光照在他青春的脸上，使他的皮肤变得透明而又生动。

我用刚买来的洗脸盆放好温水，用毛巾给马悦擦脸，许见马上主动请战："我来吧！"

我见他态度那么诚恳，就依了他。许见接过毛巾，很仔细地替马悦擦洗身体，那认真的劲儿和平时吊儿郎当的他判若两人。

"你干得挺像模像样的，很会照顾人嘛！"我不由地夸他。

"我爷爷住院时，我爸就是这么照顾他的。"许见卖弄地说。

"嗯，聪明。"我赞许地点点头，心里有些感动。

"你说得不全面，这不仅说明我聪明，更说明我有爱心。"

许见认真地纠正我。

我笑了:"看你臭美的。"

"我没有说错啊,这些事比考大学拿学位容易多了,任何人只要有爱心,都会做的。"许见解释。

我无法否认他的观点,只得乖乖地承认。

许见怀着胜利的心情把马悦照顾得一丝不苟。

马悦是在五个小时以后醒来的,当他发现自己躺在病房里,很是惊讶:"我怎么会躺在医院里呢?"

我和许见立即告诉他:"你去抓小偷,被小偷打了。"

"是你们送我来医院的?"马悦又问。

"是,是许见打电话报警的。"我告诉马悦。

"对了,雨辰,那你怎么会在这里,你不是应该在飞往美国的飞机上吗?"马悦突然想起了什么,激动地挣扎了一下,想坐起来,我们赶紧按住了他:"你别动,好好地躺着,你受伤呢。"

马悦努力地动了一下,发现自己浑身被纱布绑着,根本动不了,很是吃惊地看着吊瓶:"看来我伤得不轻嘛。"

"是啊,所以我要留下来照顾你,你是我的英雄。"我无限深情地对他说。

"可是去耶鲁大学交流是一件多么难得的机会,你怎么可以就这么放弃了呢。"马悦感动地说。

"你是为了我才被小偷打的,如果你不去抓小偷,就不会受伤,所以我有责任留下来,好好地照顾你,必须的,直到你康复。"

"那怎么行,我不能耽误你啊,雨辰,你还是赶紧去机场吧。"马悦激动地挥动了一下手,扎在血管里的针头立即映出了鲜红的血,我一把按住了他的手。

"你别动,你伤着呢。我不去美国了,飞机早就飞走了,我必须留下来照顾你。"

"你真是傻瓜,我拖累你了。"马悦的眼睛湿润了。

"看你,怎么是你拖累我呢,是我对不起你才是,再说耶鲁大学又不会关门,以后也可以去的嘛。"我安慰他。

"谢谢你!你真好!"马悦深情款款地握住了我的手,感动得说不出话来。

许见看不下去了,赶紧打趣地:"你们别这么晒幸福好不好,也照顾照顾我们这些单身男人的感觉嘛。"

我和马悦不好意思地笑了。

"你别那么装可怜好不好,你女性朋友那么多,排着队等你选,哪用得着我们照顾。"我婉转地给他争面子。

"哪里有那么多女性朋友,我这个人是很专一的,只忠于自己喜欢的人,不轻易移情的。"许见一语双关,嬉皮笑脸的样子真可爱,他又忘了照顾马悦的感受了。

好在马悦并不介意,宽厚地予以微笑。

马悦住院期间,我和许见天天到医院来陪马悦解闷,照顾他的生活。医院的饭很难吃,为了给他增加营养,不会烧菜的我天天在网上现学现做地给他煮鸽子汤，把马悦幸福得直喊我"老婆老婆"的，恨不得马上娶我为妻。我也暂时体验起了家庭主妇的角色。

尽管没能去成耶鲁交流，但我对耶鲁的情结反而更浓了。早在去年，我就曾在"谷歌地球"上搜索过耶鲁大学的校园，通过"小人"搜索过每一个学区，也通过360度看过那些教学楼，并复制了那些照片。

现在，我比以往更积极地光顾google地球，寻找梦中的耶鲁大学了，那典雅、高贵、幽静的校园，那高耸入云的哥特式的教学楼，全都代言着我的耶鲁梦。

耶鲁大学，我一定会来的！

尽管，我们的一生在不同的时段为了亲情必须放弃一些机会，但我们并不能从此放弃自己的梦想，等马悦的身体好了，我们可以一起去耶鲁。

耶鲁大学，请等着我们吧！

二

在我们的生活中,总有一些人热衷于做别人的精神导师,他们一般是比我们强势的人,比如父母,比如老师,他们总喜欢告诉我们:"你应该这样,你应该那样。"如果他们懂一点说话的艺术,则用词会比较委婉:"你最好这样,你最好那样。"

其实意思都一样。

进入大四的我们,离毕业只有一年了,学校里已经少有上课的氛围,同学们忙得像围着地球公转的老鼠似的到处寻找机会。我们不同于爸爸妈妈那一代大学生,毕业找工作的事全由国家操着心,只要你认认真真的熬到毕业,就不愁混不到饭票。当然,坏处是,你可能会不喜欢你得到的工作。我们现在自由了,能自己做主找有兴趣的工作了,但竞争之激烈足以摧毁一个神经不够坚强的人。每年的招聘会上都是人山人海的比集市还热闹，如果你没有一位叫"李刚"的爸爸，那你想要工作首先就得挤应聘这座独木桥，但大学毕业生的就业市场一年比一年严峻，能成功求职的人总是少数，每个过得去的岗位都有天文数字般的人在和你竞争，用人单位在人才如云的局势下，也无端地生出了许多优越感，惊喜地将一份份制作精良的应聘信收入囊中，然后客气地让应聘者回去坐等消息。应聘者自然明白，这一大篓的应聘信中，大部分的应聘信连打开的机会都没有，能不能胜出光靠实力根本就不够，还得靠老天给的好运气，所以毕业生在老爸老妈的引领下去各种香火旺的寺庙烧香拜佛求个好工作的人也不在少数，这一来，活生生地拉动了寺庙的生意。有意思的是，这些原来从事治疗人类心灵的寺庙，无形中满足了人们投机的功能。

网上有一个段子说：找工作的，过的是狗一样的生活——每天忙碌于面试招聘；直升研究生的，过的是猪一样的生活——无忧无虑；考研的，过的是猪狗不如的生活——除了啃书还是啃书，万一考砸了，还得重来，或者加入找工作的行列。

面对严峻的现实，同学们只得做多手准备。白天自找门路增加实习的经历，晚上则埋首在图书馆里复习考研，抽空还得到处投简历面试找工作。残酷的现实逼着大家要多做几手准备。大家了解到，今年刚刚毕业的大学生的就业率只达到40%，多做几手准备总好过到时候束手无策。目前，大学毕业的出路基本就是找工作、考研和出国留学这几条。对家住本市的大学生来说，找个好工作是第一选择，然后才是出国，继而才是考研。因为研究生的就业率已连续三年低于本科生。大家觉得，国内的研究生学期要三年，太长，如果读完了三年研究生拿了硕士学位再去找工作，好的岗位早给别的同学捷足先登了，因为现在很多用人单位并不完全需要硕士文凭，一流大学的本科生要比二、三流大学的硕士生更有竞争力，理由很简单，一流大学的本科生入学竞争比二、三流大学的硕士竞争要残酷得多，相对来说学生的质量就要好许多。

作为一流大学，复旦前几年的毕业生很多都进了世界500强企业，这种榜样的力量是很鼓舞学弟学妹的。

当班主任李老师看到我站在他面前时，惊讶得嘴都合不拢，过了半晌才缓过劲来对我说："你，你怎么还没有去美国，你现在不是应该在耶鲁大学上课吗？"

"发生了一些意外，我去不了了。"我像犯了错误似地说。

"怎么了，怎么样的意外能阻止你去耶鲁交流？"李老师急不可待地问。

"我男朋友抓小偷不幸被打，伤得很重，我得留下来照顾他。"我怯怯地解释，仿佛自己犯了错似的。

"我还以为是什么大不了的事情呢，你们这些女生啊，就是不知道珍惜自己的前途，一谈恋爱智商都变成了零。把男朋友的事看得比自己的前途更重要，其实你知道吗？以我历年的经验，大四基本上就是分手年，女孩子千万要自爱，不要为了爱情放弃了自己的前途。"李老师恨不得把自己对人生所有的经验都奉献给我。

据说李老师是一位单亲妈妈，有过一段令她悲痛欲绝的婚姻，离婚后一直致力于教学和学术研究，成绩斐然。她对男人的失望基本上和她在学术上的成就成正比。所以她一直向我们宣传她的普世价值：哪怕你嫁给王子，也不能放弃自己的事业。

李老师是当下的网络红人，她的公开课被传到优酷网上后，受到网友的热烈追捧，但她丝毫不受影响，一副宠辱不惊的做派。

"你能不能想办法请个保姆或亲人代为照顾你的男朋友？"李老师开始为我出谋划策了。

"请别人照顾我不放心呢，他的伤需要特级护理，医生说护理得不好就可能卧床不起。我的爸妈和他的爸妈都不在上海，所以只好我自己来照顾他了。"我尽量耐心地解释。

"可是这么好的交流机会就这么放弃了？太可惜了，你确定你将来不会后悔吗？"李老师还是不能接受的我解释。

"不会，就是将来后悔了我也认了，至少我为真爱付出过了。"我的声音十分的豪迈。

"真羡慕你们年轻人，为了爱情可以不计后果，甚至把幼稚当浪漫。但是你真的确定他这人值得你为他牺牲吗？大四一向就是分手年，毕业会使你们中的许多爱情分道扬镳？所以你要想想清楚,现在赶去美国还来得及,如果不去,失去的可能就是将来进名校的机会了。"

"老师,我不会后悔的,我男朋友如果得不到很好的照顾,就有可能会一辈子站不起来,那样的话我才会后悔一辈子。和他的健康比起来,放弃一个耶鲁大学交流的机会算不得什么。"

"那好吧,祝你们好运!"老师毕竟是高级知识分子,懂得调整自己。见我意志坚决,便反过来给我加油。

很高兴通过了李老师这一关,随后我又通过微信跟爸爸妈妈视频,我妈妈目前在法国出差,已离异的爸爸一直想和妈妈复婚,也追随妈妈去了法国,我平时都是自己照顾自己。视频接通了,跳出了爸爸那一张很不甘寂寞的脸,爸爸一接电话就询问我是否已安全地抵达耶鲁大学?当他发现我视频的背景还在上海,惊讶的程度一点都不亚于李老师,甚至转惊为怒:"你怎么就这么不懂事,这么好的机会就这么放弃了,雨辰,你怎么总那么不让人省心呢。"

任凭我怎么解释,爸爸都不肯理解我,他觉得我简直不拿自己的前途当回事。爸爸甚至想回上海替我照顾马悦,好让我可以赶去耶鲁上学。只可惜他的腰伤又复发了,无法来上海照顾马悦。还是妈妈比较理解我,当爸爸把电话移交给妈妈后,争强好胜的妈妈意外地没有像过去那样责备我,而是说了一句很贴心的话:"你长大了,我就不多说什么了,只要你是跟着自己的心在走,妈妈就放心了。"

这真不像几年前的妈妈呀，我高中时代的妈妈还是一位争强好胜的女强人呢，为了我错过一次复旦大学的预考机会唠叨了好几天，怎么现在变得那么通情达理了，看来，浪漫之都的巴黎真的能让妈妈这样的女强人也变得有柔软了。

还有另外一种解释就是近年来妈妈迷上了摄影，爸爸告诉我妈妈现在一有时间就拿着照相机到处旅游，拍下法国人民的慢节奏生活。

感谢法国，给了我一个柔韧有度的妈妈。

总算过了爸爸妈妈这一关，我长叹了一口气，以后我可以心无旁骛地照顾好马悦了。

看来，跟比我们强势的人沟通并不总是一件不容易的事，只要跟着自己的心在走，相信这些比我们强势的人一定会给予我们充分的理解！

三

你见过这样有情有义的哥们吗？当他愿意对一个人好，是可以不计代价地为这个人奉献一切的。无论这个人是穿开裆裤时代的朋友，还是日后一起玩的同学，甚至是情敌。

许见就是这样的人，大四了，他既不想考研究生，也不急于去找工作。他爸爸通过朋友给他找了一家银行让他去实习，他也没急着去，他说目前他的一号任务是逮到偷我相机并把马悦打成伤员的小偷。

于是在不上课的日子他天天都去人民广场地铁里"站岗放哨"。

一天，他在地铁站"站岗"没多久，就见到了一位瘦瘦高高的小偷在站台上转悠，就在他向一位女学生的书包下手时，许见用手机将小偷拍了下来,并打110报警。

在等警察到来的期间,许见一直盯着小偷,他偷到哪里,许见就跟到哪里。突然,正在"工作"的小偷掏出手机接了一个电话后掉头就向2号出口处走去。许见赶紧跟上,就在跟到自动扶梯的当口,他的头被人从后面重击了一下,他一下子就倒下了,等醒来时发现小偷和自己的手机都失踪了。

当头上裹着纱布的许见来到马悦的病房时,着实把马悦和我吓了一跳。他的身后还跟着一位长得很像韩庚的帅男,我认识他,他是许见的室友郑炜。

我们不约而同地追问他又干了什么惊天动地的事,他绘声绘色地将自己的英雄事迹向我们演说了一遍,把我们听得热泪盈眶。

"你知道吗?今天我被打时,周围的人依然没有挺身而出抓小偷的,不然我也不会被打得这么惨。"许见控诉道。

"真是太让人心寒了,这些人怎么就这么冷漠,我曾接到一个短信,上面说:现在社会追求级别的越来越多,追求真理的越来越少;讲待遇的越来越多,讲理想的越来越少;大官越来越多,大师越来越少。因此,在我们即将走向社会之际,我们一定要看护好自己的激情和理想。在这个怀疑的时代,我们依然需要信仰。"

"我们一定得做点什么,来影响这个社会。"马悦也振振有词地说。

"那我们还能做点什么呢?"许见问:"要不上大街拉条横幅,上写:团结起来,让小偷无处可逃。"

"这个好像形式主义了吧。"郑炜也插话。

"虽然有些夸张,但做总比不做好,大家再好好地想一想吧。"马悦建议。

"好,大家再想一想。"我同意了。

"他们一定有同伙,有分工,有人下手,有人放哨,集体作案。"许见的思路又回到了抓小偷这件事情上。

"肯定是,不然的话,那小偷怎么会接完手机就离开了站台,然后许见就迅速被袭击了。"马悦也作了肯定。

"今天是我大意了,没把拍下的照片微信给你们,不然的话警察有了照片就能去抓他们了。明天我再去,一定要抓住这些小偷。"

"这几天你不要去了,他们会认出你的,不安全。"马悦提醒他。

"没事,我不怕他们,我们是哥们,你被打成这样,我要亲自抓到小偷为你报仇!"许见豪爽地表白。

"感动死我了,哥们。"马悦真正地被感动了,视线投向了他身旁的郑炜:"这是你的朋友?"

"对了,给你介绍我的室友,郑炜,真正的型男,不知迷倒了我们班多少女生。"许见介绍:"我们等会儿要去参加他的生日晚会,所以想请夏雨辰一起去。"

郑炜很有礼貌地和马悦握了握手。

"我不想去,我要照顾马悦呢。"我是真心放不下马悦。

"去吧,走开一会儿没关系的,你不能重色轻友啊,再说你这段时间辛苦了,也得给自己放放假,马悦你说是吧?"许见简直是将了马悦一军,马悦从来都爱面子,这个时候自然不能输在心理上,于是只得放行:"对,许见说得对,你去玩玩吧,回来说我听听。"

"可是我还没有准备生日礼物呢!"我突然想起了什么。

"我已替你准备好了,看,加拿大冰酒。"许见扬了扬手中的冰酒。

"那是你的礼物,不是我的呀。"我有些不好意思。

"哎,跟我分那么清楚干什么,我爸就在做冰酒生意。"许见满不在乎地安慰我。

"其实你亲自光临就是最大的礼物。"郑炜也在一边安慰我。

"哦!"这些话真受用,让人宠着的感觉真好。

"快走吧。"许见催我。

"那好吧,马悦,你有事要给我打电话哦。"尊敬不如从命,我关照好马悦,又为他倒了一杯水。

许见拍了拍马悦的肩:"时间不早了,我们得走了,马悦你好好养着,明天再来看你。"说完拉了我一下,我怀着对马悦十二万分的歉意跟着许见和郑炜离开了病房。

郑炜很帅,一米八的高个,白皙,挺拔的身材比马悦还出众,透着一种明星的范儿,他的衣着很讲究,Armani 的粉色衬衣、白色的领带和长裤,以及意大利的 kappa 板鞋,一点都不输给许见这个富二代。这让大家对他充满了好奇,早在大一时我就见过他,他在管理系,那时的他穿得很土,据说他来自兰州,父母全是下岗的工人。后来他参加了一个选秀比赛,虽然没有拿到名次,但好像从此就脱贫了,着装的品位像搭上了火箭似的直逼星二代。

"你现在有什么打算?是找工作呢还是考研?"我没话找话地问郑炜,这几乎是每位大四学生见面都要问的一句话,就像老外见面会说:"今天天气真好!"

"我,还没有打算。"郑炜有些吞吞吐吐。

"你没打算?都大四了还没有计划好自己的未来?"这话听起来有些新鲜。

"他已经名山有主了,哪还用得着找工作。"许见半开玩笑地解释。

郑炜打了许见一拳:"别乱说。"

"我没乱说,你是男的,总不能说名花有主吧。"狡猾的许见显然是在偷换概念。

许见就是这样的人,对朋友像一团火一样。

四

不知从什么时候开始,大学生过生日成了一种很时尚的文化,对很多人来说也是一种躲不掉的负担。全班四十几个同学,平均每个月都有四、五位同学过生日,基本上每周都有一回,同学们的生日越过越热闹,越过越气派。刚上大一时,有同学过生日往往只是邀上三、五同学去KVT包个小房间唱卡拉OK,简单、即兴。大二以后,生日变得复杂了,有大HOUSE的同学常常在家里办舞会,然后在家长的赞助下去大酒店海吃一顿。而且规格一个比一个高,攀比之风像牛市的股票只涨不跌。被邀请参加生日的同学很有压力,因为要送礼,每个月要买的生日礼品成了一笔不能承受的支出。久而久之,生日聚会渐渐地变成了一场人情秀。

对很多有身份的家庭来说，生日宴会还成了孩子的社交练习场，就如不会打高尔夫的新会员，得先在练习场学习挥杆，练就了一定的技术水准后才能下果岭正式打球一样。

郑炜的生日宴会设在位于苏州河畔的半岛会馆，近年来，上海的会馆如雨后春笋地涌现了出来，这是上海的一种文化，上海人历来有洋房情结，在上个世纪末，有钱人办晚会一般会选在自己在郊区的别墅里，但毕竟交通不方便，四周环境也不够优美，让不少嘉宾望而止步。而会馆则大多设在市区，在LED和霓虹灯的映照下，气氛更洋气更炫目。

我们到达时，已来了不少嘉宾，来宾中有一些是复旦大学的同学和郑炜参加选秀时认识的"秀友"，半岛会所的大屏幕上正在播放郑炜参加选秀时演唱的录像，舞台上的郑炜星味十足。二层楼的会所里挂满了写有生日快乐的气球，长桌上放着饭店里送来的美味佳肴，像酒店里的自助餐排开了长长的一列。露台上，放着两个烧烤的火炉和香肠、基围虾等食料。这是一栋派头十足的亲水会馆，临水有优质的木条筑成的小径，栏杆上系着一条小船，很有点《蝴蝶梦》的意境。

"没想到，郑炜有能力办成这么顶级的生日宴会。"郑炜离开我们时，我感叹道。

许见说："傻了吧你，郑炜的父母是下岗工人，哪有钱办这样的派对。今天的宴会是郑炜的干姐姐资助并一手操办的，她跟这个会馆的老板是好姐妹。"我不知道郑炜什么时候从天上掉

下这么一个有钱的干姐姐，也许他的迅速脱贫跟这位干姐姐有关。

一位年轻的男侍者托着盘子向我们走来，盘子上放着几个盛着红酒的水晶酒杯，郑炜尽主人之责给我和许见每人要了一杯，然后又给自己要了一杯，轻轻地晃了晃，喝了一口。我和许见都祝他生日快乐！然后也郑重其事地喝上一口。

一阵香奈尔的香水味从楼上飘来，郑炜的眼睛迅速地向楼上迎去，一位看上去有五十岁左右的贵妇拾阶而下，一袭拖地长裙让她显得十分的优雅，犹如安娜·卡列尼娜再世。

郑炜立即叫了一声"虹姐"，上前几步把她引领下来，然后把我和许见一一介绍给了她。看到这么气场十足的虹姐我一时有些不太适应，不由地往后退了半步，许见一把拉住了我，于是我也很恭敬地叫了声："虹姐好！"

虹姐很热情地和我们分别拥抱了一下，然后也从侍者的托盘上拿了一杯红酒，轻轻摇晃了一下，红酒杯在她的手里立即变得风情万种起来。

"这是刚从澳大利亚运来的朗翡洛红酒，口感醇厚，来来来，我们碰杯，大家别客气，尽情地玩，尽情地吃。"

虹姐和我们一一碰杯，玻璃酒杯发出了清脆悦耳的声音。

客厅里，落落续续地又来了不少的嘉宾，其中有几位是虹姐生意圈里的朋友，大家开始吃自助餐，许见悄悄地告诉我："她就是郑炜的干姐姐，你有没有觉得她很眼熟？"

我想了一想:"是有些眼熟,但想不起来是谁。"

"二十年以前台湾很有名的艺人,演过很多电影电视,后来嫁入豪门,再后来跟着老公来到上海,她的老公比她大二十多岁,前几年卧床不起。她也就借着做生意的名义在上海结交了一批上流社会的朋友。"许见头头是道地戏说虹姐的故事。

我天真地感叹:"真没想到郑炜还有这么有钱的干姐姐。"

"你知道干姐姐是什么意思吗?"许见坏笑。

"什么意思?"我疑惑不解地问。

"傻了吧,来,哥教你几招,这社交场上干姐姐就跟干爹似的,是暧昧的代名词。"

"真的? 有这等事?"我有些傻眼,那些网上的八卦新闻怎么悄不声地就跑到我的生活中来了。

我朝那位虹姐望去,她正在和人热火朝天地聊天,郑炜挨着她坐着,用献媚的目光看着她,那眼光温柔如水,怎么看怎么都意味深长。

"这成人的世界真是五彩缤纷,还没有踏上社会呢,就被上了生动的一课。"我在心里说。

"这些都是郑炜亲自告诉你的?"我好奇地问。

"是啊。"许见点头。

"他怎么会把这么隐私的事情告诉你?"我不信,以为一向爱搞笑的许见一定又在编故事逗我玩。

"我说你这就是不懂男人了吧,男人之间如果是兄弟,那就连床上的事也会分享,再说他也没觉得这等事有多丢人,没准还得瑟着呢,傍上富婆,可以少奋斗多少年?当其他同学屁颠颠的到处投简历面试找饭碗的时候,他早已成了干姐姐公司里的总经理助理,拽吧!"许见又大嘴巴了。

"拽?不就是傍富婆做寄生虫吗?这种事也值得拿出来炫耀的?"我不屑地说。

"你整天只围着马悦一个男人转,信息不通,OUT了吧,现在的人只问成功,从来不问成功的出处,有本钱出卖身体和出卖知识出卖体力没什么两样,总好过那些靠权力占有社会资源剥削人民的贪官。"

"这是什么理论啊,这价值观怎么就乱成这样了?难怪你能跟郑炜做哥们。"我讽刺他。

"这事怎么就怪我头上了,这世界变成这样又不是我许见的错,我跟你一样也清白着呢,可这世界的清白早就被贬得一文不值了。"许见头头是道地说。

"你别说,这种场合还真不是我待的地方,我很不习惯呢!"我叹息。

"慢慢的就习惯了,你就当是体验生活吧,人总是要长大的,你不可能永远躲在象牙塔里吧。"许见教导我。

"这倒是。"这点我同意。

"就当是开眼界吧。"于是我决定好好的了解一下西方上流社会中的派对如何在上海登陆。

今天参加晚会的客人,大多品位不俗,不仅衣着光鲜,而且举止谈吐也都有礼有节,大家谈古论今,互发名片,热闹得很。

一位穿比基尼的女孩走上临时搭建的舞台大跳了一段热舞后,郑炜就上台演唱了周杰伦的《青花瓷》。

这首由方文山填词的《青花瓷》,是一首诗意浓厚的情歌,郑炜深情投入的演唱,让这首歌多了一份惆怅。

郑炜边唱边将虹姐引上了舞台,两人跳起了热舞。精彩的演出引来了阵阵的掌声。

郑炜唱毕,把话筒交给了虹姐,音乐一变,虹姐又唱起了邓丽君的《在水一方》:

绿草苍苍,白雾茫茫,
有位佳人,在水一方。
绿草萋萋,白雾迷离,
有位佳人,靠水而居。
……

虹姐的音色如邓丽君一般的清凉、温婉,且深情款款,她的一袭银色的礼服宛如邓丽君在世。

我生平第一次近距离地聆听了专业水准的演唱。

虹姐唱罢,又拉着郑炜跳起了拉丁舞,俩人舞姿婀娜,配合默契，再次引来了客人们一阵又一阵的掌声。接着，虹姐又拉着郑炜跳起了接龙舞，并邀请在场的嘉宾一起加入，组成了一支长长的舞队，我被许见拉着，也跟上了舞队，成了龙尾。

　　舞队踏着音乐穿梭于楼上楼下的大客厅和露台之间，此起彼伏的欢笑声几乎要将屋顶掀翻。欢乐的音乐让月亮也有了羞涩。

　　"有钱人真会变着法儿玩。"我感慨地对许见说。

　　"长见识了吧，有钱不是坏事，关键是看你怎么玩。"到底是富二代，阶级立场就是不一样。

　　十一点三十分，据说这是郑炜诞辰的时间，两位花童推出了一只二十寸的立体蛋糕，几位侍者同时打开了二十一瓶香槟，此起彼伏的开瓶声代表了郑炜二十一周岁了。虹姐接过酒瓶给一大堆垒起来的酒杯倒满了酒，蜡烛点上了，于是郑炜在大家的《生日快乐》歌中祈福，并切蛋糕答谢来宾。

　　生日晚会一直持续到凌晨两点才告结束，客人们坐着名车纷纷告退。我和许见一起向郑炜告别，郑炜说还有宾客要送，暂时不走。

　　许见"打的"送我回家，他今天因为要喝酒，没有开车。

　　"今天玩得开心吗？"在等出租车的时候，许见问我，显然他想利用这段时间和我聊聊天。

　　"很新奇，不过不太习惯。"我还在想着郑炜傍富姐的事。

　　"你不觉得这么玩很刺激吗？这么多的人在一起疯，有钱人

在一起多好啊,下次你过生日,我也这么给你过。"许见得意洋洋地说。

"免了,我不是富二代,我不趟你们这浑水。"我本能地抗拒着。

"怎么是趟浑水呢,你年纪轻轻的怎么这么老土,仇富啊?"许见笑。

"我不仇富,我只是没想过要花别人的钱,我要自力更生的赚钱,花自己的钱心里踏实。"我发表自己的处世宣言。

"你呀,小傻瓜一个,你有没有听过这样的段子:一等女人花男人的钱,二等女人花自己的钱,三等女人花爸妈的钱。你很漂亮,你完全有资本做一等女人花男人的钱,干吗要自贬身价做二等女人。"许见头头是道地给我上人生课。

"你这是什么乱七八糟的理论,我有手有脚还不笨,为什么要当寄生虫花男人的钱。"我义正词严地为女人正身。

"你呀,还没开窍,等你上班上腻了,被公司剥削得多了,才会猛然醒悟,当有钱人有多好,人生的最高境界不就是做自己的主人吗?干吗要像得了强迫症似的非让别人剥削去?"许见很执着地给我上着幸福女人的启蒙课。

"好了好了,不跟你说了,歪理十八条。"

"等你到了一定年纪,就会知道找我这样的人做男朋友的好处了,你要记住这句话,我心灵的大门始终向你敞开的。"许见做总结性的发言。

"好吧,我记着你这句话,对了,你毕业后有什么安排?是去找工作,还是继承家业?"我没话找话地转移话题。

"没想好,我爸让我早点继承家业,可我想先去社会上锻炼锻炼,像霍启刚那样在社会上闯一闯再去执掌家属企业。所以我会去一些大公司实习或应聘,碰碰运气,等把大公司的一套企业管理的方法学到手了再自己创业。"

"你的想法不错嘛,有志向,加油!"我给了他一个免费的鼓励。

"我明天上午就要去应聘一家央企,如果考进了,就可以攒点人脉和管理经验。"

"那好,祝你心想事成。"我由衷地祝贺他。

"其实我心里最大的愿望是什么,你知道的。"许见眼睛直直地看着我。

"什么?你别这么看着我,你这是视觉侵犯你知道不?"我故意欺侮他。

"我们家有得是钱,就缺你这样的好女孩,你来照顾我吧。"许见盯着我说。

"少来,哪有男人找女人说是要让她照顾他的。"我取笑他。

"哦,那我收回,让我来照顾你吧。"许见立即改口。

我断然拒绝:"如果没有马悦,我可能会接受你,但是我有马悦了,我很爱他,我不可能放弃他和你在一起的,所以请你原谅。"

"好吧,我不让你为难,但是我告诉你,只要你一天不结婚,我就等你,我相信精诚所至,金石为开。"

许见一向是以不靠谱著名的,看来,现在又要变成一根筋了。

出租车来了,许见要先送我回家,虽然已是午夜了,但我没有回家,而是让许见直接把我送到了瑞金医院,我不放心马悦,生怕他需要我的帮助。

许见没有办法,只得顺从。

走进马悦的病房,他居然还没有睡,清亮的月光下,马悦大睁着双眼,看到我走进病房,很调皮地冲着我笑了一下。

"你还没睡啊?"

"知道你会来。"马悦还是笑。

"我不放心,你饿不饿,我冲些藕粉给你吃。"我温柔地问。

"不用,我不饿,这么晚了,你回家休息吧。"

"不了,我今天就睡在这里。"

"今天的生日宴会热闹吗?"马悦问。

"简直是太热闹了,你不知道有多奢华?反正是我参加过的规格最高的一次。"

"是吗?"

"现在的生日宴会真的是已异化成一种社交工具了,我们学生时代单纯的生活已经成为过去式了!"我感慨道。

"你没看现在酒店的生意有多好,全民都在吃吃吃,所谓:

老酒一碰,生意搞定!"马悦说。

"不管那么多了,反正我们不一定要跟着潮流走,你说是吧?"我说。

"理论上是,不过真的养成奢华的风气了,要坚持走自己的路阻力就很大了。"马悦说。

"说得是,很晚了,睡觉吧!"我回应道。

我从医院储藏室取出存放在那儿的折叠躺椅,在他的床边展开放下,我躺了下去,闭上了眼睛。

"晚安!"我说。

"晚安!"马悦心满意足地回应着。

窗外的月色依然高高地悬着,仿佛在安抚着躺在医院里的这些病员。

我闭上眼睛,喧闹的生日又像放电影一样在我脑海里重现了一遍。

奢华的生日晚会啊?你真的代表了当代人的生活梦想吗?

五

生活中我们经常看到这样的现象，病人总是拥有无故发火的特权，这一方面是因为病魔让他们饱受折磨，另一方面也是被亲人宠坏的，马悦就是属于后者。

马悦椎间盘组织的错位刺激了位于椎管内的神经根，产生了沿此神经放射的下肢痛，尽管进行了矫正手术，但稍不留神还是会疼得难以忍受、不能平卧、不能入睡。为了减轻他的痛苦，医生每天给他用地塞米松和镇痛片。为了更好地辅助治疗，医生要求家属帮助病人给予康复锻炼。于是，我每天去医院的任务之一就是给他按摩。

他的腰椎伤得很厉害，需要很小心地按摩，稍有不慎便会酿成更大的损伤。

俗话说，病来如山倒，病去如抽丝，腰伤尤其如此。

马悦在医院里住久了，便变得不爱说话了，有时还会为了一些小事发脾气，我感到很委屈，但我知道他也是被病痛折磨的，所以受了委屈也就自己悄悄地流泪。

有一次，许见也在，马悦因为我倒的茶太凉又冲我发脾气了，我一再的赔不是，许见看不下去了，把马悦狠狠地骂了一顿，任我怎么劝都没用。许见说："别以为夏雨辰喜欢你你就可以随便欺侮她，她为了你放弃了那么多东西，她现在天天下了课就往医院跑，把别人用来实习、考研、找工作的大把时光全都给了你，如果你还不知道疼她，那我就不客气了。"

马悦也在气头上："你说不客气，你想怎样？"

许见毫不退让："我就把她带走，你不能给她幸福，我给。"

马悦急了："你敢，我就知道你长期潜伏在我们身边是不安好心，还说是哥们呢，都是骗人的。"

"那你对夏雨辰好一点，否则的话我可真带她了。"许见继续吓唬马悦，我发现马悦气得脸都青了，赶紧阻止许见。

"许见，不许乱说，马悦对我很好，我不会离开马悦的。"

"夏雨辰，我告诉你，你要是再这样无原则的迁就他，你以后就没好日子过了。"

许见继续主持正义。

我怕马悦难过，于是把许见拉出了病房："你回去吧，别在这里添乱。"

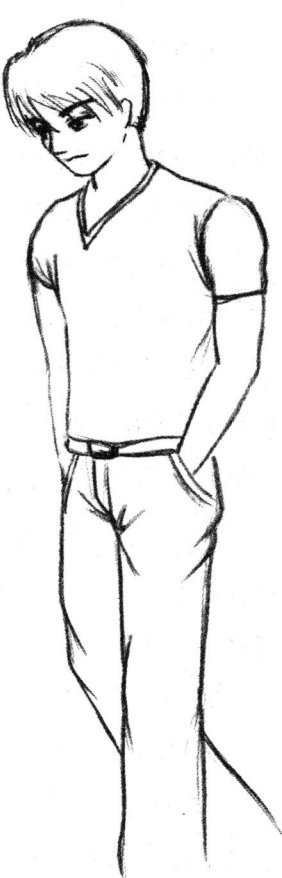

这回，许见不高兴了："夏雨辰你没良心，我是在帮你，他欺负你，你还帮着他。"

我见自己闹得里外不是人，也倍感委屈地声泪俱下："我就是要帮着他，不要你管。"

许见气得脸色发青："好好好，不要我管，不要我管，算我多管闲事好不好？我走，我走，我再也不管你们的闲事了。"

许见走了，我回到了病房，这里，马悦的气还没有消："你怎么又回来了？不是有人要带你走吗？"

"是有人要带我走啊，我是舍不得你啊。"我回敬他。

"你有什么舍不得的，反正我也是个残废了，你跟着我，也只有受苦的命，不如跟着那个富二代好了，吃喝玩乐可以一辈子都不愁。"马悦还是怄气。

我见他心结越打越紧，赶紧想法给他解开："你呀，闹够了没有，我哪都不去，就陪着你，好不好？你哪有残废？会好的啦。"

"可我现在这样了，哎！"马悦叹了口气。

"那有什么关系，过些日子就会好的，又不是一辈子这样了，话说回来，就是一辈子这样了，我也对你不离不弃，一辈子照顾你。"我竭力地安慰他。

"不要，真的我一辈子这样了，我也不要你陪我，我不想害你一辈子。"

我们俩你一句我一句，越说越动情，忍不住抱在一起痛哭了一场。记忆中,这是他受伤以来第一次流眼泪,在这以前,他的内心承受着多大的压力啊。

我见他眼中有泪花闪烁,立即给他取来了毛巾给他洗脸,马悦居然还给我做了个俏皮的笑脸,我知道,他内心的压力得到了暂时的释放。

一场风波过去了,我们比以前更相爱了。为了让他散心,也为了方便他写论文,我为他买了苹果平板电脑,这样他躺在床上也可以写字、上网和阅读。

一个月过去了,马悦的伤还没有好,医院就让出院了,理由是社保对住院时间有规定,马悦也想出院,毕竟在医院住了那么长一段时间是一件很难受的事,什么都不方便。我很支持他,马悦的妈妈经常打电话问他好不好,马悦怕爸妈担心,一直没有把受伤的事告诉她。马悦他平时住在学校里,他在上海没有房子,我提议他住到我家里去,反正我家里没人,我每天利用课余时间来陪他锻炼身体陪他说话,晚上我就睡在家里不回宿舍了。

马悦说,那他付我房租。

我说房租就免了,作为回报,以后我免费住他的房子,期限:一辈子。

马悦笑了。

见马悦住在我家,许见人来疯地要求加入同居的行列,这样不仅热闹,而且多一个人照顾马悦,多好!

我征求马悦的意见后同意了,反正我们家有三个房间,每人一间正好。

在接马悦出院前,我和许见做了充分的准备,首先,去电信局开通了家里的宽带,好让马悦能上网学习或打发时间。自从爸爸也去法国后,家里的网络就关了,我平时住校,难得回家,不关也浪费。

在出院的前一天,我们还把家里大大地布置了一下,到处贴满了他喜欢的明星的照片。考虑到马悦喜欢唱歌,我甚至还买了一套卡拉 OK 设备,好在家里开演唱会陪他解闷。最后我们还在门口挂了"祝马悦早日康复"的大字。

一切安排妥当,出院那天是许见开的车,许见虽然和马悦吵过,却一点都不记仇,照样隔三差五的来看马悦,这就是许见阳光的地方,也难怪,他跟马悦一个星座,都是狮子座,狮子座的男人比较阳光、自信、热情、大方,不计较。

马悦的腰不好,还不能坐,于是我们叫了救护车把他接到了我的家里,救护人员直接将马悦抬到了我爸的床上,救护人员离去后,马悦表示想洗澡,许见又用从京东网上买来的轮椅车把马悦推到了浴室,帮他淋浴。

当马悦焕然一新地被推出浴室时,他心情很好地想唱歌,于是我们打开音响,边喝啤酒边一首接一首地唱了起来。

说也怪,马悦和许见都喜欢周杰伦的歌,两人从《青花瓷》、《千里之外》一直唱到周杰伦出道时唱的《三节棍》,简直是一场周杰伦的粉丝会。

　　我们三个一直玩到天黑才想起肚子饿了，于是我将早晨出门时就为马悦炖好了的骨头汤加热，又去厨房下了面，炒了一个番茄炒蛋和菠菜，我们三人的晚餐就有了。

　　我正儿八经地模仿起了家庭女仆的生活。

　　马悦终于累了，许见把他送到了爸爸的房间，许见在书房打开沙发搭了一个小床，我则躺在了自己的房间。

　　妈妈是在一年前去法国公干的，她在我高一的时候和爸爸离婚，此后的几年时间里，她基本上过着云游四方的生活，爸爸在离婚后经历了一段寂寞的日子后，终于发现妈妈才是他最想要的女人。他一心想和她复婚，妈妈没有答应，但也没有拒绝，长期躲在国外工作，借以疗伤。妈妈心中的痛只有我最知道，她是一位爱情至上的完美主义者，为了追求真爱她付出了许多，但最终却落得伤痕累累，对爱情的渴望和对男人的失望交替着折磨着她，几乎让她痛不欲生。爸爸深知这一切，拿出一生中最大的勇气，追到了法国巴黎这个浪漫之都，希望能够打动妈妈，抱得前妻归。

　　应该说，妈妈还是很前卫的，有勇气把一个还在上大学的女儿扔在上海，自己到万里之外的法国过起了自由浪漫的生活。

　　夜已很深了，洗完澡，因为太过于兴奋，我毫无睡意，于是打开电脑上网，发现妈妈给我写了信，这一点，她像许多父母一样不能免俗，隔着万水千山还在关心着我的实习。

她说她有一朋友在上海的金融界当高官,她给了我那人的联系方式,希望我抽时间去朋友的公司实习。我给妈妈回了信,告诉她我现在的主要任务是照顾马悦,实习的事可以过段时间再说。

看来,爱一个人,真的是可以让你心甘心愿地放弃许多。用自己的爱去温暖病人那颗脆弱的心。

六

官二代一直是一个很敏感的词,能担当得起官二代这个称号的,一般都有我行我素的性格和无比奢侈的生活方式。很多人对官二代都敬而远之,我的闺蜜舒越虽然是一位不折不扣的官二代,但她却是一位亲切活泼容易相处的可爱女孩。

将马悦接回来的第二天,我和许见就都得去学校上课,我替马悦用小排骨汤煮好了粥,放在马悦的床边让他自己吃,才和许见一起出门。

走进哲学课的教室,一眼就看到了坐在第三排的室友兼闺蜜舒越,舒越也看到了我,高兴地向我招手,于是我坐到了她的身边。

"早就听说你没去耶鲁大学,也没回宿舍住,上哪浪漫去了?"舒越歪着头,意味深长地问我,她的调皮和浪漫跟我高中时的好友小兰有得一拼,看来,我找的闺蜜几乎都是小兰的翻版。

"马悦受伤了,我天天往医院跑。"我简明扼要地向她汇报。她知道马悦是谁,还在微信上和马悦互为好友。

"他怎么就受伤啦?他现在在哪家医院,我也得表示一下慰问啊。"舒越关心地问。

"送我去机场的路上被小偷打了。"我告诉她。

"英雄救美?"她问。

"不算啦,他是帮我抓小偷。"我解释。

"这么说你是为了感恩才放弃了去耶鲁的?"她又问。

"不完全是感恩啦,他是我的男朋友,我不能在这个时候放下他不管。"

"可怜天下女人心啊,只有女人才肯为了爱情放弃自己的前途。"舒越故作深刻地笑。

"别说得这么绝对嘛。"我不置可否地说。

"对了,你今天还去医院看他吗?"

"昨天已经出院了,住我们家呢。"我不得不坦白。

"同居啦?"舒越兴奋得眼睛发亮,她知道我爸妈都在法国。

"没有,许见和我们一起住。"我赶紧解释。

"那更不得了,混居啦!"她夸张地叫出了声。

我一下子捂住了她的嘴,不满地拉她的耳朵:"什么意思你,想让全世界知道啊,不是像你想的那样呢,我们一人一间房,主要是为了照顾马悦,陪他散心。"

"雨辰真有你的,难怪我昨天找许见咨询找工作的事,他说没空,嘿,气死我了,原来是去你那儿了。"舒越是官二代,对男生很有掌控欲,我们称她"男生控",但是她的掌控欲跟我高中时代的同学高铜不同,高铜霸气十足,令男生敬而远之;舒越是一位活泼开放的女孩,她不喜欢自己父母身上官气十足的那一套,所以在朋友和同学面前从来不拿自己的父母说事,她对男生的控制方式是施展自己的魅力,让对方情不自禁地拜倒在她的石榴裙下。为此,她在暑假里花重金去参加了"淑女精修课",学习用刀叉,学习社交,增加自己的魅力,甚至学习以后如何嫁入豪门当全职阔太。舒越一直说,她人生的最高境界是嫁入豪门当全职太太。

"'你的淑女精修课'学得如何了?"我好奇地问。

"很有意思啦,我外婆说,女性的魅力和气质很大一部分是来源于所受的礼仪教育,可惜目前的义务教育里是没有这些课程的,所以礼仪学校就很受欢迎了。"

我和舒越现在都不住在宿舍,大四了,学校为了让我们有时间实习,每周只要求我们上两次选修课,上海的同学基本上都不住校,只有外地的学生还住在学校的宿舍里。

"其实你也不要为了同居这个词大惊小怪的,现在大学生在外借房子同居多得是呢,没看见厦门的女大学生还把她和男友同居的照片挂到微信呢。"舒越开放得很,对于社会上的新鲜事物从来都坦然处置。

"存在的就是合理的!"她如是说。

"如果你有男朋友,你会和男朋友到校外同居吗?"我问。

"这件事本身我不反对,美国电影《爱情故事》里的男女主角不也是在大学期间就同居了吗?关键的问题在于我是不是足够的爱他,如果足够爱,那我就愿意,如果爱得不够,那我才不愿意呢!"舒越的态度显然是很明确了:"对了,如果我有像马悦这样的男朋友,那我早就和他双宿双飞了,同居算什么了。"

这个舒越,说起这方面的事来就是那么的麻辣。

"你有没有看过网上流行的《大学生开房之歌》?真是一针见血,婚前同居对女孩子的身体和心灵有多大的伤害。"我提醒她。

"看过,现在都什么年代了,谁还关心你是不是处女,在美国,如果你是处女,别人还会笑话你呢,觉得你没有魅力。"舒越真是什么都敢说。

"可最伤害的还是女孩子。我还是喜欢那种纯纯的感觉,为爱守身如玉是一件很美好的事,马悦说他因为爱我,所以他会爱护我,尽量的延迟到结婚。"我羞答答地说。

"但是如果不试,万一结婚了不合适,怎么办?"舒越说的是试婚。

"我相信爱情的力量能克服重重的困难,即便万一不合适,也可以想办法解决的。"我固执地坚持自己的想法。

"我真服了你了,圣女。"舒越取笑我,她就爱跟我开这类的玩笑。

"去你的,就会取笑我。"我别过身,不让她再人来疯。

教室里来上课的人越来越多,二百人座位的梯形教室已座无虚席。这在大四是一种很独特的现象,很多人都在忙着实习、找工作和准备考研,缺课成了一件家常便饭的事了,哲学是副课,同学们更是有理由选择放弃,只要到时抄抄笔记突击一下通过考试就行。可就是在这样的情况下,哲学课的人气竟然逆势飞扬,来听课的人越来越多,这不得不归功于哲学老师顾炎。

我从心底里对哲学很有兴趣,我认为不管将来干哪一行,哲学都能让人茅塞顿开,理清思路,所以我在二天前补选了这门课。

哲学老师顾炎是国内知名度很高的学者,经常被请到"东方大讲坛"去讲"青少年的成材之路"之类的课,他总是有本事把很教条艰苦涩的内容讲得生动有趣。

上课的铃声响了,顾炎踏着铃声准时走上了讲台。顾炎身材不高,光头,形象有点像人气正红的《非诚勿扰》的主持人孟非,一反其他哲学老师不拘言笑的形象。

他一上台,就向大家鞠了一躬,感谢同学们在百忙之中还来听他这门副课,同学们一下子就兴奋了。顾炎老师的课,是从一个典故开头的:

古希腊的苏格拉底、柏拉图和亚里士多德被称为哲学三贤，他们之间是师承关系。有一天，柏拉图问苏格拉底：什么是爱情？

苏格拉底说：我请你穿越这片稻田，去摘一株最大最金黄的麦穗回来，但是有个规则：你不能走回头路，而且你只能摘一次。

于是柏拉图去做了。许久之后，他却空着双手回来了。

苏格拉底问他怎么空手回来了？

柏拉图说道：当我走在田间的时候，曾看到过几株特别大特别灿烂的麦穗，可是，我总想着前面也许会有更大更好的，于是就没有摘；但是，我继续走的时候，看到的麦穗，总觉得还不如先前看到的好，所以我最后什么都没有摘到。

苏格拉底意味深长地说：这，就是爱情。

又一天，柏拉图问苏格拉底：什么是婚姻？

苏格拉底说：我请你穿越这片树林，去砍一棵最粗最结实的树回来放在屋子里做圣诞树，但是有个规则：你不能走回头路，而且你只能砍一次。于是柏拉图去做了。许久之后，他带了一棵并不算最高大粗壮却也不算差的树回来了。

苏格拉底问他怎么只砍了这样一棵树回来？

柏拉图说道：当我穿越树林的时候，看到过几棵非常好的树，这次，我吸取了上次摘麦穗的教训，看到这棵树还不错，就选它了，我怕我不选它，就又会错过了砍树的机会而空手返回，尽管它并不是我碰见的最棒的一棵。

这时，苏格拉底意味深长地说：这，就是婚姻。

还有一次，柏拉图问苏格拉底：什么是幸福？

苏格拉底说：我请你穿越这片田野，去摘一朵最美丽的花，但是有个规则：你不能走回头路，而且你只能摘一次。

于是柏拉图去做了。许久之后，他捧着一朵比较美丽的花回来了。

苏格拉底问他：这就是最美丽的花了？

柏拉图说道：当我穿越田野的时候，我看到了这朵美丽的花，我就摘下了它，并认定了它是最美丽的，而且，当我后来又看见很多很美丽的花的时候，我依然坚持着这朵最美的信念而不再动摇。所以我把最美丽的花摘来了。

这时，苏格拉底意味深长地说：这，就是幸福。

又有一天，柏拉图又问老师苏格拉底什么是外遇？

苏格拉底还是叫他到树林走一次，可以来回走，在途中要取一支最好看的花。柏拉图又信心满满地去了，两个小时之后，他精神抖擞地带回了一支颜色艳丽但稍稍焉掉的花，苏格拉底问他："这就是最好的花吗？"

柏拉图回答老师："我找了两小时，发觉这是最盛开最美丽的花，但我采下带回来的路上，它就逐渐枯萎下来。"

这时，苏格拉底告诉他："那就是外遇。"

又有一天柏拉图问老师苏格拉底什么是生活？

苏格拉底还是叫他到树林走一次,可以来回走,在途中要取一支最好看的花。柏拉图有了以前的教训,又充满信心地出去。过了三天三夜,他也没有回来。苏格拉底只好走进树林里去找他,最后发现柏拉图已在树林里安营扎寨。苏格拉底问他:"你找着最好看的花么?"

柏拉图指着边上的一朵花说:"这就是最好看的花。"

苏格拉底问:"为什么不把它带出去呢?"

柏拉图回答老师:"我如果把它摘下来,它马上就枯萎。即使我不摘它,它也迟早会枯。所以我就在它还盛开的时候,住在它边上。等它凋谢的时候,再找下一朵。这已经是我找着的第二朵最好看的花。"这时,苏格拉底告诉他:"你已经懂得生活的真谛了。"

听完这个故事,你们有怎样的感想呢?顾老师问。

"最容错过的是爱情。"有同学答。

"经历过爱情的无奈之后,对于婚姻的态度就会发生很大的转变,会选择一个合适的,但不是最好的。"

"幸福就是在不断寻找中获得满足。"

"外遇看起来很美,但会凋零,最终一无所获。"

"生活就是不断地寻找幸福!"

"幸福就是一种信念,你觉得幸福了,就是幸福,不在于别人怎么看,生活就是享受当下,珍惜现在,不忧患未来。"

"大四了,我们都忙了起来,很多人在忙实习,忙考研,有些人在找工作,每个人都忙得天昏地暗,却很少有人静下来享受一下风和日丽的下午,躺在草地上欣赏一下天上的星星和月亮。"

同学们你一句我一句,谈得十分的投入,一堂课就这么结束了。

十分钟后,第二节课开始了,顾老师还是给我们讲苏格拉底的故事:

一天,哲学家苏格拉底在课堂上拿出一个苹果对学生们说:"请大家闻闻空气中的味道。"一位学生很快便举手回答:"是苹果的香味。"苏格拉底走下讲台,举着苹果慢慢地从每位学生身旁走过,并要求大家仔细地闻一闻,空中是否有苹果的气味?

这时已有半数的学生举起了手。苏格拉底回到讲台,又重复刚才的问题。这一次,除了一名学生外,其余的学生都举起了手。苏格拉底问那位没举手的学生说:"难道你真的什么气味也没有闻到吗?"那位学生肯定地说:"我真的什么气味也没闻到!"这时,苏格拉底对大家宣布:"他是对的,因为这是一只假苹果。"这位学生就是后来大名鼎鼎的哲学家柏拉图。

顾老师说:"你们很快就要走上社会了,社会上会有各种各样的声音,但是请记住,不要人云亦云,要相信自己的判断。"

同学们听了纷纷点头。

顾老师继续说:"有学生问苏格拉底,怎样才能修学到他那博大精深的学问,苏格拉底听后并未直接作答,只是说,今天我们只做一件最简单也是最容易的事,每人把胳膊尽量往前甩,然后再尽量往后甩。苏格拉底示范一遍后说,从今天起,每天做300下,大家能做到吗?"

学生们都笑了,这么简单的事,有什么做不到的?过了一个月,苏格拉底问学生们:"每天甩手300下,哪些同学坚持了?"有九成的学生骄傲地举起了手。又过了一个月,苏格拉底再次问学生时,有八成的学生举手。

一年后,苏格拉底再次问大家:"请告诉我,最简单的甩手动作,还有哪位同学坚持了?"这时,只有一位学生举了手,这位学生便是柏拉图。

讲到这里,顾老师跟同学们说再见了。

他的哲学课就这样结束了,同学们却听得如痴如醉,意犹未尽。

下课了,我和舒越一起走出教室。

"顾老师的哲学课真过瘾。"我感叹。

"复旦最近有一位叫郑火的美女老师,是上哲学宗教的,在网上很红,她的课上得也很生动。"

"真的?我这阵总往医院跑,孤陋寡闻了。"我好奇,想到不久就要离开复旦了,对这里的一切都产生了眷恋。

"明天下午有她的课,你要有时间我们一起去听。"舒越建议。

"好啊,有时间一定去。"我一口答应了,还真想去了解一

下，美女老师郑火的课为什么会那么的红？

"对了，她叫什么？郑火？难怪，不火也怪。"

"今天我不在宿舍住，顺便去看看你们家的马悦吧。"舒越说。

我打她："什么'你们家你们家'的，我们还没结婚呢。"

"这有区别吗，不就是一张纸吗？"这个舒越，什么都敢说。

"不一样啊，连巩俐都在乎那张纸，当年想跟张艺谋结婚，张艺谋不从，结果投了黄和祥的怀抱。我敢不在乎吗？"

"得了，都什么年代了，现在的人为了房产买卖避税，半夜排队办离婚，所以每年登记离婚比登记结婚的都多。反正早晚都得离，结不结婚有什么关系呢。"

"这不像你舒越的性格啊，怎么走悲观路线了？"我好奇地取笑她。

"不瞒你说，我爸妈最近在闹离婚呢。"她脱口而出。

"真的?"我吃惊，因为在这以前的很长一段时间，我对她们家和谐美满的生活充满了羡慕的。

"当然是真的，是我让他们离婚的，这半年来他们天天吵，我不愿意他们为了我囚禁在自己的婚姻里，可他们真的要离了，我又觉得很难过。"舒越几乎要哭了。

"好了好了，父母自有父母的人生，我看网上说，每次高考结束，都是离婚的高发期，很多有问题的父母为了孩子不离婚，直到孩子完成了高考这件人生大事后，他们才结束了一段有问题的婚姻,去追求自己新的人生,我觉得这也未必不是好事。"

"理论上是这么说,可实际碰上了,又是另一回事了。"一向活泼开朗的舒越竟然愁容满面。

"走吧,上我们家,我们一起唱歌去,用王菲的歌声来治愈一下你的伤感。"舒越是王菲的超级粉丝,从《棋子》到《红豆》,再到近年的《心经》、《传奇》每首歌,都让她爱得如痴如醉。

"好吧!走,我开车。"舒越拉着我向停车场走去。

"等等,我打电话问一下许见,要不要搭你的车一起回去。"我说。

许见因为住我们家,不方便回去拿车。电话打过去,许见一听舒越也去我们家,高兴地表示可以马上跟我们一起走,于是我们在国定路的东校门口捎上了他,三个人热热闹闹地上路了。

复旦大学地处上海的北端,交通不是很方便,最近的地铁站,也有二、三站路么远,舒越于是就经常开着她妈妈的车来学校。

舒越开的是白色宝马一系车,很漂亮很时尚。舒越早在大一时就拿了驾照,经常和许见他们一起玩飙车。

车子沿着四平路,经过三个隧道后,一路南下,很快就到了南外滩,舒越对车子的把控能力非常的强。穿着黑色背心,倒扣着鸭舌帽的舒越简直是酷毙了,那车子就像是她身体的零部件似的被她玩于股掌,半小时后,舒越将车子停在我们家的小区里,下车的时候从后备箱里拿出一打罐头啤酒。我问:"你这是干吗?"

她答:"喝啊,没见过啤酒啊?"

"不是,这么多,你打算喝醉在我家里啊?"

"土不土?这么点啤酒就算多啊,许见帮我拿一下。"许见从她手里接过啤酒,还挺沉的,舒越又拿了一打啤酒,关上车后盖,按了一下钥匙上的遥控器,门锁上了。

当我们三人浩浩荡荡地出现在马悦面前时,简直把他乐坏了,也难怪,一个人在这套房子里关了一天,寂寞肯定是不肯放过他的啦。

舒越首先检查了马悦的伤,一拍手说:"没什么大碍,养一养就好了。"

马悦说:"你怎么知道,没听说你还学过医呀!"

舒越一挥手:"我小时候的邻居大伯是周浦医院有名的老中医,方厚贤听说过吗?他的医术可高呢,世传,我小时候经常去他那儿玩,耳濡目染,也稍懂一、二了。"

"借你吉言了,但愿能早日好起来,我都快愁死了。"马悦由衷地叹道。

"没事的,会好的。"舒越继续鼓励马悦:"来,我们喝酒。雨辰,你这里有什么吃的吗?"

"有,我买了不少罐头,我去拿。"我从冰柜里取出梅林牌的午餐肉、凤尾鱼等罐头,又下厨去炒了西红柿鸡蛋和青菜,荤素搭配,应该够得上营养大全了。

青春是什么,青春就是聚在一起,可以恣意地畅想,还不用对谁负责。

夜深了,我们四人集喝酒打牌唱歌聊天于一晚,马悦默默地把酒问苍天,他的伤会不会留下后遗症?能不能重新站起来?

舒越替苍天代言:保证马悦不仅能健步如飞,而且能和夏雨辰比翼双飞。

马悦放心地叹了口气:但愿如此。

这段时间,马悦一直有些沮丧,甚至有忧郁症的倾向。对于病情,对于我无微不至的照顾,他嘴上不说,但我知道他内心还是很有压力的,为了安慰他,表达我对他坚定不移的爱情,我唱了一首王菲的《传奇》送给他。

没等我唱完,马悦已经热泪盈眶了,舒越和许见一个劲地鼓掌,夸我音色纯美,富有磁性,起哄让我去参加"美丽大使"之类的比赛。

这么一闹腾,马悦的情绪得到了彻底的释放,就连舒越的心情也好了许多。我暗自想,这大概就是音乐疗伤的魅力吧。

马悦和舒越受到感染,也成了麦霸,一口气唱得天昏地暗,很疯狂,许见倒一改喜欢表现自己的性格,显得很大度,见他们喜欢唱,也不跟他们抢话筒,自觉地充当粉丝,给他们鼓掌。

从这天起,舒越也不回学校睡了,她在我的卧室里搭了地铺。有课的时候我们一起去上课，没课的时候就帮我一起做家务，陪马悦做康复锻炼。

于是我们常常一起推着马悦去超市购物，去江边散步，去饭店吃饭，舒越见我们家有许多各种各样的乐器，于是建议成立一个乐队组合，这样可以玩得更有意思。

她的提议立即得到了我们一致的同意，虽然杂事颇多，上课、实习、写论文，一样都不能少，可是，可是，有谁能挡得住艺术的魅力呢。

于是根据每人的特长进行了角色的分工。马悦因为有伤在身不能太累，就和我成了主唱，舒越弹节奏吉他，许见成了鼓手，我的另一个任务是键盘，有时还和舒越客串一下伴舞。

我们给组合起名：西风中雨。

我们每天花一、二个小时排练，唱的基本上是水木年华的歌：《一生有你》、《爱上你，我很快乐》、《成长》、《轻舞飞扬》一首一首的排下来，马悦的心情开朗了许多。他还打算自己写歌，唱自己写的歌，等他伤好了，我们还可以去各处义演，去录 MV 呢。

我们憧憬着，生活仿佛为我们展开了一对绚丽无比的翅膀。

最最重要的是，马悦还不顾伤病在身，规划着以后去世界各地巡演。

我们似乎忘记了大四，忘记了需要实习，需要找工作，需要考研，需要生存。我们也忘记了舒越是个官二代，大家忙得晕

头转向，我们才不甘于做生活的奴隶呢，我们渴望着过更精彩更有色彩的生活。

七

随着社会上富有的女性越来越来越多,干姐姐干弟弟这种组合也流行了起来。郑炜就是传说中的干弟弟。

可是自从那天生日晚会后不久,郑炜就被虹姐老公的弟弟派人打了,郑炜是在和虹姐共进晚餐时被打的。起因是这样的,开学以来,郑炜一直没有住校,连每周两次的选修课都不来上,天天和虹姐混在一起,这事让虹姐老公的弟弟知道了,找人把郑炜和虹姐揍了一顿,虹姐的老公把她的银行卡也给封了。郑炜被打伤送进医院后,连医药费都付不起,他又不想让自己的父母知道,就跟许见借钱,许见念哥们之情去医院探视了他并替他垫付了医药费。许见问郑炜今后有什么打算,郑炜说干姐姐那儿是靠不住了,干姐姐为了保住豪门媳妇的地位打算跟他各奔东西，她原本给他安排的工作也取消了。郑炜痛苦得咬牙切齿，发誓一定要找个更有钱的干姐姐气死她。许见劝他别老盯着女人的钱包，有本事自己去赚钱。郑炜说他来自西部贫困地区，父母都是普通的下岗工人，现在这社会，没有"李刚"当爹，真是寸步难行啊，他已在干姐姐那儿体会到了当有钱人的好处，这种生活的水准一旦降下来是很痛苦的一件事。

许见发现郑炜已没钱住院，回到宿舍又没人照顾他，就也把他弄到我家里来住，一来这样可以陪陪马悦，二来也解决了他无家可归的窘境，同时还为乐队增补了一位队员。

于是，我们家客厅的沙发成了许见的卧床。

我们家三房一厅的房子一下子住了五个人，显然是太挤了，许见说他们家在青浦的豪都别墅有套三百多平的独栋别墅，是他们家的周末房，平时没有人住，不如大家一起搬过去住，每人一间房，楼下客厅还可以当排练厅。那里现在已有地铁二号线到达附近，交通也算方便。

大家一致表示同意，说干就干，许见和舒越各开一辆车，就把我们五个人外加一些衣服、轮椅车什么的运到了豪都别墅。马悦不方便走路，被分配住楼下的书房，郑炜可以走动，和许见一起住进了二楼的客房，我和舒越则住在三楼的阁楼。一切安排妥当，我们还对家务进行了分工，我和舒越负责烧饭洗衣服，许见负责采购，另外有一个常务钟点工来帮我们打扫卫生。这样一住，就很有些世外桃源的意思。

我们的生活忙碌而有规律，每天上午我、许见、舒越都会去小区外跑步，马悦和郑炜就轻度地运动一下。晨练结束后三位男生一起给院子里的花草浇浇水，剪剪枝，我和舒越则负责早餐，我们的早餐又营养又方便，每天将不同的水果和蔬菜切碎扔进榨汁机，再放上杏仁、牛奶、麦片等榨成汁，口感极佳。早餐后，如果这天没有课，我们就在白天看看书，准备论文的材料。晚上则一起排练节目，由于有了郑炜的加入，我们的乐队更有实力了。许见同时还成了"西风中雨"乐队的临时经纪人，他说等我们的乐队配合默契了，就去找经纪公司。

生活真像一位魔术师，你永远不知道下一刻会给你怎样的惊喜。回想不久前我放弃了去耶鲁大学交流的机会，心里一直有些耿耿于怀，没想到上帝他老人家真会安抚人，少女时代曾经憧憬过的音乐梦不经意间降临了到我的生活中。

日子就这么一天天地过去了，马悦的伤势有了明显的好转，每天吃过晚饭，我就推着他去小区的湖边坐坐，享受一下二人世界。对于我做的一切，他都心存感激。

有一次，他出门时带了一把吉他，当我们在湖边坐下，他拉着我的手吻了我，然后神秘地告诉我，他要送我一样礼物，我很纳闷他天天在家不出门，哪来的礼物可以送我，他笑着看看我，弹着吉他唱了起来：

你愿意嫁给我吗？

如果愿意就把你的小手给我
让我们一起奔向幸福的殿堂

你愿意嫁给我吗?
如果愿意就把你的生命给我
让我们用心相扶一起变老。

你愿意嫁给我吗?
如果不愿意,就把你的背影留给我,
让所有的记忆成为往事。

你愿意嫁给我吗?
如果你愿意就请投入我的怀抱
我们形影不离走到生命的终点

这首歌,旋律优美、缠绵,令人心醉神迷,一听歌词就知道是从花儿乐队的《你愿意做我女友吗?》改编过来的。

"这算是你向我求婚吗?"我笑着问。

"当然是。"马悦答。

我幸福地握住他的手,投入了他的怀抱。

马悦感动万分,和我激情相吻。

"谢谢你接受我的求婚!尽管没有玫瑰没有戒指,甚至我不

能单腿下跪，但是相信我，等我身体好了以后，一切都会加倍地补偿你的。"马悦发誓。

"我已经被你的歌声打动了。"我安慰他。

"我能慢慢的好起来，多亏了你、许见还有舒越对我的照顾，我都不知道怎么才能好好的谢谢你们！"马悦抚摸着我的头发说。

"那是应该的，我是你的女朋友，他们是你的铁哥们嘛。"我安慰他。

马悦用一双意味深长的眼睛看着我，我诧异地："怎么啦？难道我说错了吗？我不是你的女朋友吗？他们不是你的朋友吗？"

"从上一分钟开始，我已求婚成功，你已经是我的老婆了。"马悦一本正经地说。

"真肉麻，那不是还没有举行婚礼吗？"我笑了。

"不管，反正你已经答应了，终身大事怎可戏言。"马悦耍赖。

"好好好，答应了答应了，从现在起我叫你老公，你叫我老婆，好不好？"

"好，好，这还差不多。"

我们依恋着抱在一起，没完没了的拥吻。

许久，马悦自言自语："这下许见他再也没有机会了吧？"

"你说什么呢？什么机会？"我生气地说："他从来没有威胁

过你的地位,我们一直是普通朋友。"

"他嘴上没说,但我看得出来他喜欢你,他看你的眼神都不对。"马悦固执地说。

"瞎说,就喜欢瞎说,哪有什么眼神不对了,是你自己变得敏感了,原来你可不是这样的。"我打他:"我们一直都是百分百的纯洁呢。"

"我承认,自从我受伤以后,确实变得敏感了,看到你们生龙活虎的又唱又跳,心里嫉妒得很呢。"

"别这样,你受伤也是暂时的,不久就会好的,要坚强!"

"道理我都懂,可我看到许见向你献殷勤,我就受不了。"马悦叹了口气。

"我和许见真的是没什么的,我对他根本就不来电,他疯一下也就过去了。"

"男生的心事你们女孩不懂的,只有我们男孩才看得懂。"马悦还是不能释怀。

"就你小心眼,人家舒越还总说喜欢你呢,我也没有吃醋对不对?"我急中生智地拿舒越做挡箭牌,终于堵住了他的嘴。

我们俩就这样你一句我一句地闹来闹去,越闹越亲热,最后马悦见说不过我,干脆吻住了我,我心甘情愿地投降了。

身后突然传来一阵热烈的掌声,我们回头一看,许见、舒越和郑炜不知什么时候站在了我们的身后,想到刚才的对话,我和马悦羞得无地自容。

"你们两个谈情说爱，拿我和许见来说事，太不厚道了啊！"舒越假生气。

"呀，被你们偷听到了？"我不好意思地坏笑。

"废话，什么叫偷听到？你们说得那么投入，我们能不听见吗？"舒越的小嘴可是从来不懂得饶人的。

"我们没有别的意思，就是随便说说而已，你们别当回事。"马悦嬉皮笑脸地为自己辩护。

许见笑着说："马悦，很高兴你总把我当竞争对手，这说明我有实力，对不对，所以你这家伙小心点，如果对雨辰不好，可别怪我乘人之危把雨辰抢到手哦。"

马悦认真地："你就放一百二十个心，这一辈子我都对他好，你不会有机会的。"

"哦……"大家起哄。

一场尴尬就这么混过去了。

"我宣布，今天通宵庆祝，好好的闹一闹。"舒越抢着说。

"喝酒，喝酒，我们家有澳大利亚朗翡洛红酒。"许见也跟着起哄，只有郑炜在一边笑而不语。

于是我们五个人雄赳赳气昂昂地打道回府，许见说干就干，从地下室里取出朗翡洛红酒和酒杯，给每人倒了一杯酒，大家一起干杯，就算是给我和马悦庆祝了。

舒越则找了许多彩色的纸，用剪刀剪了好多张"心"贴在楼上楼下的墙壁上、楼梯上。

借着酒劲,我们开始排练,今天排练的是水木年华的《一生有你》。

唱着唱着,郑炜伤心地哭了起来,我知道郑炜最近心情一直不好,但不知道此刻他到底是在为什么而哭。我们停了下来,等待他的倾诉,他果然跟我们分享了他哭泣的原因:为了逝去的爱情。

"不就是你那干姐姐吗?分了就分了,有什么好舍不得的。"许见不屑地说。

"不是为了干姐姐。"郑炜说。

"那是为了谁?你妈病了?"许见摸了摸他的额头。

"你妈才病了呢。"郑炜拉开了许见的手,许见乐了:"还挺娘的。"

郑炜也不顾许见笑话他,讲起了他的辛酸情史:"我曾有一位初恋的女朋友,高中的时候就好上了,可她妈嫌我们家没钱没地位,硬逼着我们分手。我伤心,我难过,我该努力的都努力了,结果还是没有留住她,她后来和她爸爸顶头上司的儿子好上了。万念俱灰中,我发誓要赚钱,做有钱人,让那些势利眼的丈母娘后悔都来不及。我和我爸妈一起拿出家里所有的存款开了一家小餐馆,但开了以后才知道那不是一般老百姓能干的事,今天卫生局来查卫生,明天派出所来查员工居住证、后天邻居反映油烟跑他们家去了,哪一个都不是好打发的。我们惨淡经营,苦撑了半年,终于以血本无归告终。那以后,我万念俱灰，我终于发现在这个世界想干成一件事是需要门路的，可像我们这种家庭哪来的门路，我差点得了忧郁症，我甚至自杀过，我看到的世界全是灰色的。直到认识了虹姐，我的人生才有了一些亮色。虹姐对我很好，帮我买这买那，带我参加她的社交圈，我过上了上流社会的生活。尽管我知道这样不很光彩，但这总好过我一辈子做穷人看人脸色吧。没想到虹姐的老公知道了我们的关系，派人把我打成了现在这样。我感觉自己完了，真的完了，刚才看到马悦向夏雨辰求婚，让我又想起了自己的伤心事，如果我的家庭条件好一些，我也可以有机会向我的初恋女孩求婚，也会过上幸福的日子，可是现在，我什么都没有了，什么都没有了！"

郑炜说着又哭了起来。

我们纷纷安慰他："浪子回头金不换嘛，你马上就要毕业了，将来找个工作好好干，还怕没有女孩会喜欢你？"

"可是现在找工作也要开后门，我爸又不是"李刚"，我凭什么找到一份好工作？"郑炜还是走不出他思维的死角，认为任何事情没有后门是办不成的。

为了鼓励他彻底走出干弟弟的怪圈，扬起生命的风帆，我把我妈给我介绍的那个金融公司实习的机会让给他，他不好意思要。我说反正我也要照顾马悦，没时间去，不去也浪费了一个机会，他这才接受了，我让他要好好的表现，争取留下来工作，将来还有哪个丈母娘敢小看他。郑炜这才破涕为笑了。

这一晚，我们真的排练到通宵，歌声中，生命为我们每个人展示了一抹绚丽亮色。

八

对大四学生来说,实习是跨不过去的一道坎。实习不仅是我们通向职业生涯的一座桥,更是让我们提前领略了职业生涯的悲欢离合。

郑炜待伤势好了一些以后,就去我介绍给他的金融公司实习去了。许见也找到了一家嘉信投资公司去实习了。俩人都很重视这些实习的机会,郑重其事地熨好了西装和领带。

我们把排练的时间放到了晚上,我和舒越去学校上课的时候,家里只剩下马悦,他倒也没有闲着,开始为"西风中雨"写歌,晚上弹给我们听,我们你一句我一句地修改,渐渐地这首歌就在我们心里活了起来,于是我们开始唱自己的歌了。

无数次在迷茫中跋涉

用力寻找回家的方向

就算长夜遥遥无期

也要追寻前方的曙光

请和我一起迎接第一轮霞光

让梦想破土而出。

打开你心的世界,

飞向那精神的故乡

青春是一种生长的力量

挣脱世俗的引力

我们将无所不能

我们决定将这首歌作为我们的主打歌,对这首歌进行了多种的演绎,随着排练的深入,这些励志歌也鼓舞着我们的心灵。

马悦康复期吃的都是进口药,全是自费的,马悦的现金流发生了前所未有的危机,他不想让爸爸妈妈知道他受伤,所以不敢跟他们要钱。马悦虽然在高中的时候办过语言学校,但这几年他学校的大部分利润都用来支助贫困的优秀学生,所以也没攒下多少钱。

马悦大二的时候去欧洲交流了一年,无暇照顾学校,就把

语言学校转给了他的朋友。在国外长大的孩子就是不一样,从十六岁起,他就不再花家里的钱,语言学校转让后,他基本上是靠打工养活自己。现在他伤成这样,没有办法去打工了,我想帮他解决困难,于是瞒着马悦利用周末的时间去新东方兼职上课,新东方的课费很高,每小时可以赚三百元,我一天上八小时的课,希望尽快筹得马悦的医药费。马悦感激万分,但他表示不用我那么辛苦,他会想办法赚一笔钱来还我的钱。

马悦是一位文理兼备的男生,他不仅说得一口流利的英语、西班牙语,还写得一手漂亮的文章,电脑编程也颇为在行。为了赚医药费,他在网上找到了一份编程的工作,于是他通过网上在宜家订了一只木架,以便可以躺在床上操作电脑,开发一个寻找关机的手机的软件,这样,一旦项目完成,他拿到的报酬,就足以支付他的医药费了。

郑炜的实习进行得很顺利,公司对他的工作态度很满意,就在他信心满满地渴望留下来工作的时候,大祸临头了。

这天,郑炜没有准时下班回来参加排练,打他手机却是关机,直到晚上十二点才醉意十足地回到家,到了家又是吐又是哭,把我们每个人都搞得无法安睡,我们不明白他出什么事,便问他到底发生了什么,他才坦言班主任刘老师找他谈话,说虹姐老公的家人告到学校去了,说他勾引有夫之妇,并把虹姐老公的弟弟给打伤了,学校要开除他。

"胡说八道,不是她老公的家人把你打伤了吗?"许见一拍桌子，立即为郑炜抱不平。

"我还手了。"郑炜老实交代。

"真有你的，像个男人！"许见一拍他的肩膀，高兴地肯定了他的行为："把他打伤了吗？"

"伤了，眼睛出血了。"郑炜犹疑不定地说。

"牛，太牛 X 了你！"许见简直是喜形于色了。

"我这也是自卫嘛，对不对，凭什么把账都算到我的头上，再说我也被他打伤了，我还没有告他呢。"郑炜没有在意许见的兴奋，还是沉浸在自己的烦恼中。

"那你有没有拿过你干姐姐的钱？"马悦进行深度追问。

"没有，我冤枉呢，真的拿了也就算了。"郑炜叫道。

"我不相信，你们这样的关系，他能不送你钱？"许见也提出异议。

"真的没有，我们在一起的时候，她也就是给我买些衣服，供我吃吃喝喝玩玩而已。"郑炜为自己辩解。

"那你参加选秀时她有没有拿钱赞助你？"马悦问。

"没有，她本来说是要赞助的，但临时变卦了，后来也就是请大赛组委会吃了顿饭送了点礼而已，不然的话，我早就拿名次了，还会这么籍籍无名？"郑炜一脸的不服。

"你别说，你穿的衣服都是国际一线名牌，够贵的，也花了虹姐不少钱了。"我提示他。

"这点衣服算什么，我要是连这点福利都没有，我还跟她混

什么劲,再说了,她给我买衣服也是为她自己,她那场面上的人要是看我穿得不体面,她多没面子!"郑炜振振有词,马悦立即反对:"别怪我说话直哦,我把你当哥们我才直言不讳,你说得不对,我们早就过了十八岁了,都是成年大男人了,一切都要靠自我奋斗才对,你现在傍着干姐姐,是不道德的知道吗?"

"是啊是啊,马悦说得对,男人嘛,要靠自己,靠女人算怎么回事。"许见也顶了一下马悦。

被他们这么一说,郑炜的脸上有些挂不住,他脸一黑,说出来的话就很难听:"我说哥们,你们是站着说话不腰疼,你的老爸老妈在国外,赚的是美元,许见是富二代,那就更不用说了,当然底气十足,我跟你们不一样,我是穷地方来的,我爸我妈都是下岗工人,家里连经济适用房都买不起,我靠自己?下辈子都翻不了身,当下这社会,没有关系哪件事能做成?我爸我妈不仅是没钱,连半丁点的社会关系都没有,你让我怎么办?"

"你说话绝对了,我爸妈的成功是他们的,我从小都是靠自己的,小时候每一分零花钱都是靠自己赚来的,高中以后我就没有花过老爸老妈的钱。"马悦解释。

"你不要再说了,你不懂的,你不知道我们出生底层的痛苦,这还不仅仅是钱的问题,我的生命中,到处打上了草根的烙印,你以为我跟着干姐姐有吃有喝就幸福?我痛苦,你知道吗?你以为我看不懂她身边的人投向我的眼光,人人都把我看成小白脸，我愿意当小白脸吗？我不愿意，但是我要不愿意我就根本进不了这个上流社会的圈子，那我的一生就只能在社会的底层混，我能甘心吗？"他边说边捶胸顿足，泪流满面。

"但是，你以为你这样靠着干姐姐就能混进上流社会了吗？这样不顾社会道德社会伦理，伤害了别人，最后必定还会伤害自己，你醒醒吧。"马悦掏心掏肺地开导他。

"你们都不要再说了，我已经够倒霉的了，你们不仅不帮我，还雪上加霜地打击我，落井下石，你们还算是我哥们吗？既然你们也看不起我，我也不用在这里住了，我走，我走还不行吗？"郑炜说完要往外走。

"郑炜，你别走，马悦和许见是真心为你好，才这么说你的，你好好想想就明白了。"我及时地拉住了往外冲的郑炜。

"没用的，没用的，在这里我再怎么努力也是没用的，你还是让我走吧，你们走你们的阳关道，我走我的独木桥，你们等着，终于有一天，我会让你们刮目相看的。"郑炜说着还是要往外冲。我担心他这么晚了出去会有危险，何况他又醉酒情绪又不稳定，于是我拦住他："郑炜你不要这样，你冷静点，没有人看不起你，你不要自暴自弃，你看你聪明，长得又帅，你不比别人差，出生平民又怎么啦？英雄不论出生，只要你努力，成功照样会光顾你。"我使出全身的招数只为了安慰他。

他回过头，用一种很绝望的眼神看着我："夏雨辰，你是饱汉不知饿汉饥，聪明，聪明顶个屁用，我照样不是给学校开除

了,长得帅有什么用,我的初恋女友不是照样嫌贫爱富离我而去了。"

"学校开除的文件不是还没有下来吗?明天写份检讨书交学校去,学校一定会原谅你这一次的,你的初恋女友跑了,还会有其他的女孩喜欢你,不是所有的女孩都是嫌贫爱富的,只要你尊重自己,爱护自己,自强自立,一定还会有女孩喜欢你的。"我继续开导他。

"你说那么好听那你喜欢我吗?你肯嫁给我吗?我告诉你从你进大学的那天看到你,我就喜欢上了你,可你会动心吗?你会跟我走吗?"郑炜说着拉住我就亲我,我被他的举动镇住了,只一瞬间,我醒了过来,将他推开,并给了他一巴掌,郑炜捂着脸悲痛地说:"都明白了,明白了,你们所有的话都是虚伪的,连你们也看不起我,是不是?"他叫着,打开门跑了出去,我要去追,马悦叫住了我:"别追了,让他去醒醒。"

我闻声站住,央求许见:"许见,我怕郑炜受刺激太大会寻短见,你赶紧去把他追回来吧。"

许见站着没动:"马悦说得对,是该让他醒醒了,明天我到学校去跟院长求求情,宽恕他这一次,给他重新做人的机会。"

"嗯,这还差不多,不过,你能见到院长?院长会听你吗?"我担心地问。

"试试吧,看他的运气了。"许见耸了耸肩:"但愿他实习的公司能把他留下来,这样他就不用总那么漂了。"

"但愿他在这家公司好好表现,这样才有机会。"我说。

"傻子也知道,实习对于找工作意味着什么,他当然不傻。"许见结束了对许见的议论。

九

对我们这些年轻的学子来说,磨难其实并不是一件可怕的事,通过磨难来锻炼自己的内心可能比躲开磨难更重要。

许见在找校长以前拉着我先见了班主任刘老师,他告诉刘老师,郑炜和他的虹姐是走得比较近,但他们并无更深入的关系,请求刘老师向院长说明情况并请求院长宽恕郑炜,不要开除他,给他一次改正的机会。

刘老师说他也很同情郑炜,可听说告状的那位很有来头,曾请侦探拍了很多郑炜和那位女人在一起的照片,所以事情就不太好办了。许见要求看照片,刘老师说他也没有看到照片,许见请刘老师带他去见院长,刘老师请他写个情况说明直接发到院长公开的邮箱里,抄送他一份,然后他再去为郑炜说情。

许见答应了，说干就干，立即上网给院长写了一封情真意切的信，请我看了一遍后发送院长并抄送刘老师。

一位博名为海伦的博友将郑炜搭上虹姐将被学校开除的事捅上了微博，一时间，转发无数，关于大学生就业难傍富姐的评论一浪高过一浪。郑炜一下子成了微博红人，他和虹姐亲昵的照片也被曝光。他实习的公司知道这消息后，对他颇有微词。郑炜受不了这一系列的打击，半夜在宿舍服毒自杀，幸亏被起身如厕的同学发现，叫了急救车将他送到医院，才算挽救了一条年轻的生命。

当我们得到消息赶到医院时，郑炜已被抢救过来，他不知内幕的父母得到刘老师的电话连夜赶到上海，哭着询问宝贝儿子为什么要自杀？郑炜保持缄默，逼死也不说，郑母没有办法，只好求助于我们，我们也不敢说，只好安慰郑母他儿子只是因为找工作压力太大，过段时间自然就好了。

郑炜在医院住了一夜，许见把他和他的父母都接回了别墅住下，这期间，我们不断的叮咛他，开导他，要想开些，重新开始，一切阴霾的日子都会过去。

郑炜的父母想带儿子回兰州，郑炜不肯，说就是死也不能回去。郑炜的父母见有朋友照顾他们的儿子，为了不给我们替麻烦，在许见家住了三天就回去了，他们不断地拜托我们，要多多的开导郑炜，千万不能让郑炜有再次自杀的机会和念头。

我们全力以赴，盯住郑炜不放，让郑炜找不到任何理由离开我们的视线,到了第五天,郑炜被我们逼得不耐烦了,终于和我们摊牌:你们不用再千辛万苦地盯着我了,我已经死过一次了,不想再死了。我决定出国去,我就不信我一辈子都没有出人头地的日子。

我们看着他信誓旦旦的样子,也知道他不是在糊弄自己,才放心地让他出门。

郑炜这一走,就再也没有回来,他给我们每个人发了一个微信告白,说要跟过去告别,跟痛苦告别,他不想再看见我们。对他而言,我们是他的过去,是他痛苦的见证人,所以他只能选择离开。

郑炜的离开,并没有终止我们"西风中雨"乐队的排练,我们的生活又恢复了以往的节奏,郑炜就像是我们生活中的过客,匆匆地来,又匆匆地消失了。其实我们每个人又何尝不是别人生命中的过客,在不经意中给别人的人生留下了色彩。

但愿郑炜能在未来的旅途中不要再迷失了自己。

我一如既往地奔波于学校和许见的家之间,每天晚餐过后,就是我们排练的时候,这真是一段天堂般美好的日子,我想起了海子的诗:"面对大海,春暖花开。"我们现在是面对音乐,春暖花开。马悦的受伤让我们意外地享受了一段沉醉于音乐的日子。

从这一点来说,任何一份苦难都是值得感恩的。

人生必须不断地将自己归零,才能体会生活的高度和宽度。

马悦开始喜欢上了王菲唱的《心经》，每天睡前都会打开许见家的投影机看上好几遍："观自在菩萨，行深般若波罗蜜多时，照见五蕴皆空……"

硕大的由灯光营造的舞台，透着浓浓的禅意，美轮美奂，女神一般的王菲，着一袭洁白的长袍，率众僧人向画面徐徐走来，圣洁、神秘，为《心经》作了最好的注解，王菲那天籁般空灵的嗓音更是穿越天穹，让人的心灵得到了充分的慰藉。

越来越喜欢王菲了，经受过种种生活磨难的她不仅没有被命运打倒，而且蜕变得愈发的坚强美丽了。就连她的离婚，也显得那么的卓尔不群。我想，马悦一定是从她的歌声里得到了一种力量。

于是，我跟着马悦也喜欢上了王菲唱的《心经》。

马悦是一位对自己要求很高的人，在许见家住着，尽管有我们大家在帮助照料他，但他总是尽量的不麻烦别人。一天我和许见、舒越都去复旦上课了，马悦在家自我锻炼，结果不慎摔倒了，一点都动弹不得。他连打电话通知我们的能力都没有，等我傍晚赶回家时只见马悦一个人躺在地上呻吟，我试图将他抱到床上，可他动一下就疼得钻心，于是我赶紧打电话叫救护车。救护车很快就来了，训练有素的医护人员将他轻轻地抱到担架上，直接送到了医院。极度负责的医生对他做了全方位的体检，验血、测体温、测血压、做B超，做核磁共振，一系列的检查做完，马悦已被折腾得筋疲力尽了。医生告诉我们马悦的腰椎又错位了，要马上安排第二次手术。

医生告诉我们，如果手术失败，那就完全有可能再也站不起来了。

我能从马悦颤抖的手中感受到他内心的担忧和恐惧，我发誓我一定要给他鼓励给他力量，于是我紧紧地握着他的手，告诉他："别担心，你现在是在上海最好的医院，每次手术前医生都会把手术的风险无限放大，那是为了给自己减压，你那么年轻，你的手术根本就是零风险，所以千万要放松，要宽心。退一万步说，即便手术失败了，站不起来了，还有我呢，我是你的腿，我是你生命的拐杖，我会永远和你在一起，懂吗？"

没等我说完，马悦早已是热泪盈眶了。我紧紧地拥抱着他，恨不得把自己所有的力量都传递给他。

在进手术室前，我又让马悦听了一会儿手机里王菲的《心经》。护士来推马悦去手术室了，马悦向我挥手告别，我和刚刚赶来的许见、舒越一起陪他到手术室门口。

手术室的门关上了，我们在手术室门口坐下，我们呆呆地看着亮起的指示灯，苦苦地等待手术的结束。

舒越开始向我们发布她找到了一位新男友的新闻，是一位伊朗籍的留学生，在复旦政经系读博士，出于对她这位白马王子的好奇，我们要求看照片，舒越立即很大方地让我们看她存在 iphone 里的一组照片，照片上的男子浓眉大眼，很有精神气质，一向大大咧咧的舒越依在他的怀里，一副小鸟依人的样子。

"不错嘛，很帅哎，你爸妈见过吗?"我本来想说:"你爸妈同意吗?"但话到嘴边我改口了，一向我行我素的舒越是不会在乎爸妈是否同意的。

"还没呢，我们刚认识不久。"舒越答。

"到底是闺蜜，待遇就是不一样，比爹妈还亲呢。"我有些心满意足:"我跟你说，伊朗人民的习俗跟我们相差很多的，嫁给伊朗人将来出门可是要戴面纱的，这会严重影响你这漂亮脸蛋的曝光率的。"我杞人忧天地警告她，对闺蜜，就得多提醒着点。

"没关系的啦，这正好会增加一些神秘感啦!"

看来高傲的舒越是完全给伊朗男友征服了。

"你将来是跟他去伊朗还是他跟着你留在上海?"我又问。

"随便，天涯海角我都跟着他。"舒越一挥手，好像马上就要跟我们诀别似的。

"恭喜你找到了幸福，什么时候让我们一见尊容?"许见忍不住插话。

"没问题，随时。"顿了顿，舒越又说:"过段时间我带他回你家。"

"你要跟你的伊朗男友天长地久吗?"许见追问。

"可以这么说。"舒越毫不忌讳地承认。

"悲剧啊，我还以为你舒越这样的大美人能有谁能捕获你的芳心，搞了半天还是崇洋媚外找外国人啊? 中国的美女为什么都对老外情有独钟？老外比中国人厉害吗？你要找个美国人我还心服口服，中美两国人民交流比较多，就这伊朗人你也敢要，你连他们国家都没去过，你居然还敢嫁给他，真是服了你了。"许见夸张地感叹。

"说什么呢，你？伊朗怎么啦？你瞧不起伊朗人民？你有种族歧视。伊朗虽然没有中国那么发达，但我是跟男友结婚，又不是跟伊朗国家结婚。"舒越不高兴了，一拳头打在许见的肩上。

"喔唷，出手这么重，你狠心啊你，有了伊朗男友就对中国男人那么狠？"许见继续贫嘴，舒越一转身："哼，懒得理你。"

于是我们说定，等马悦出院，舒越就带上她的伊朗王子一起来为马悦庆祝，让我们见识见识这位有本事征服了舒越的准男友。

舒越又问许见的另一半找到了没有？许见说我要找到了还天天守在家里？

舒越问他有什么条件，她帮他介绍。

许见立即拒绝："算了算了，我可不想你介绍个伊朗公主给我，我还是喜欢中国女孩，搂着睡觉舒心。"

"又乱说。"舒越又打他，许见也不躲，意味深长地看着我："还是你给我介绍一个吧？"

"美得你，我知道你对夏雨辰心怀鬼胎许多年了，可你看她跟马悦已是铁板钉钉的事了，你还瞎掺和什么？"舒越一言揭穿了他的心思。

"我没瞎掺和啊,我这不是正助人为乐吗?葡萄吃不到,看看还不行,解解眼馋还不行?"许见很擅长拿油腔滑调当他的自卫武器。

"我看你不是解解眼馋这么简单吧,你是想伺机而行吧?就像林徽因身边的金岳霖,在林徽因身边潜伏了一辈子,不过我相信你绝对不会有金岳霖这样的耐心的。"舒越嬉皮笑脸地取笑他,弄得许见发脾气也不是,不发脾气也不是。

"你别说,夏雨辰跟林徽因有得一拼哎,她们同样是才女,同样美若天仙,同样的小资情怀,林徽因跟徐志摩的爱情誉满天下,我们雨辰跟马悦也是风雨数载,不离不弃,哎,真是羡慕死我了!"

舒越这人最会搞气氛了,时不时地会拿我调侃一番,我对她已经见怪不怪了,因为我知道舒越的调侃全没有恶意。

"那我做金岳霖也太惨了吧?一辈子望眼欲穿,只能看她的背影?"许见油腔滑调地自嘲。

"放心,你这人当不了金岳霖,此情除了金岳霖,也就只有天上有了,你没有他的修养他的定力,我敢向上苍保证,只要雨辰一结婚,你立马就会另寻新欢。"舒越一针见血地揭示他的性格。

"舒越,我想揍你!"气急的许见举起了拳头作打人状,舒越"咯咯"地笑着躲开了。

正在他们俩闹闹不休的时候,有美女医生从手术室出来,冲着我们问:"你们谁是家属?"

我们仨互相看了看,我毫不犹豫地接话:"我是,医生,我朋友的手术怎么样了?"

"他有两节的骨头开裂了,要用钢钉固定,钢钉有国产和进口二种,进口的质量明显要比国产的好,我们建议选进口的,病人那么年轻,要走的路还很长,还是要选好一点的,家属的意见如何?"

"那就听医生的。"我想也没想地说。

"那好,那就用进口的,要自费的,四万元,家属在这儿签字。"医生说着递过一张纸,我怕耽误手术,一咬牙就签了字。

医生离开了,我却陷入了困境中,四万元哎,我哪有四万元啊,看来我又得把双休日卖了去赚钱了。

于是我到楼梯的转角拨通了新东方教务主任的电话,上次在新东方上课时留下的电话。我告诉对方我想再来新东方当老师,对方因为我有良好的上课记录,就答应帮我排课。

我打完电话回来,许见问我打算怎么付四万元的医药费?我说总有办法的,许见立即表示他可以问爸妈借钱给马悦付医药费,我说不用,我刚才已经给新东方打了电话,再去上课。许见表示靠我上课来付医药费会把我累死的,表示可以先向他父母借,然后慢慢还。

"真是好朋友呢!"我很感动地答应了,表示一定尽快还他

们的钱。

三个小时后,马悦被推出了病房,医生表示手术良好,一切要看他的康复训练了。

我和许见、舒越相视而笑,可笑着笑着就哭了起来,马悦手术初战告捷,对我们来说是一个很大的鼓舞,期间承受的压力有多大只有我自己知道。

于是我深深地感慨:好朋友是一种助推器,好朋友又是一种减压器。每个人的人生之路都不容易,有朋友,你的人生就如同加足了油的汽车,可以一往无前。

十

人的成长有时是在一瞬间完成的,尤其是当陷入突然的困境时,马悦的受伤让我们每个人都成长了起来。

复旦领导收到许见写的信以后,很快就回了信,表示会对郑炜的事加以调查。倒是郑炜自己干脆对此事不再过问,自从搬出去住以后,就像是人间蒸发了一样,手机一直处于关机状态,没有人知道他去了哪里。

马悦出院后依然被接到了许见家休养,舒越果真带来了她的伊朗男友麦可,麦可买了一束超大的百合,一起庆祝马悦出院。

"麦可喜欢中国吗?"许见开门见山地问。

"喜欢的,中国很美丽,中国人很有精神气,中国人很乐观,很奋进。"麦可认真地点点头,一口气说了许多中国的优点。

在繁重的学习和生活之余,我们没有耽搁"西风中雨"组合的排练,每当我们排练的时候,麦可总是安静地在一旁观赏,偶尔还会充当后勤,给我们递些可乐、矿泉水什么的。对歌词和旋律熟了,他也会跟着我们一起唱,他的音色很淳厚,很有爆发力,于是马悦邀请他也加入到我们的组合中来。这样,我们的"西风中雨"组合就多了一些异域的色彩。

舒越告诉我们:麦可是一位很有礼貌很感性的人,他出生在伊朗的名门之家,父亲有王室血统,在德黑兰经营着一家石油公司,麦可说他将来想当外交官,增加中伊两国的友谊和交流。

这是多么崇高的目标啊!舒越这么高傲的公主爱上他也是情有可原啦。

麦可要求搬来别墅和我们一起住,他表示可以付房租,许见同意了,给他安排了他隔壁的客房,但规定不得和舒越在这儿同居,他付的房租用来作为给马悦治病的基金,麦可很高兴地答应了。

马悦虽然还得继续卧床休息,但他一点也没有闲着,不仅继续给网络公司打工编程,还和我们一起排练,并为"西风中雨"写了大量的歌,同时还要忙里偷闲地为毕业论文作许多的准备。

自从求婚事件发生后,马悦经常和我畅谈未来,谈梦想,马悦是一位从小就有梦想的人,他从小在德国长大,初中时被妈妈送回上海的外婆家接受中国文化的教育,高二那年外婆去世后,本打算让他读完高中就回德国,结果马悦爱上了上海,不肯离开上海,于是就一直读到了现在。马悦的爸妈前几年因工作需要去了美国,马悦便打算申请美国哈佛读硕士和博士学位,一来可以陪陪父母,二来在学业上继续深造,然后再回中国发展。马悦希望我也能随他一起去美国留学,我欣然同意了,这正好也是我的梦想。

马悦出院的第二天,班主任李老师告诉我,由于我在复旦大学学习成绩优异,复旦给了我一个直升研究生的机会,我考虑到和马悦的美国之约,没有跟任何人商量就放弃了。一个月以后,爸爸在电话中问我功课那么好,是否可以直升复旦的研究生时,我告诉他我放弃了,爸爸在电话里直说我傻,他说出国的事八字还没有一撇呢,能不能进名校是一件很有风险的事,应该等名校落实了再放弃直升复旦研究生的名额,不然弄得不好会两头落空。

我理解爸爸的心情,但我告诉爸爸我不能那么做,直升研究生的名额很有限,我要占着一个名额别人就会少一个名额,如果我出国了,这个名额就浪费了,这么做是非常的不善良的。爸爸见我振振有词,感叹了一声女儿终于长大了,也就不再多说了。

我问爸爸在法国战绩如何?跟妈妈的外交关系有何进展?

爸爸信心满满地告诉我大有进展，妈妈已经答应赴他的晚宴了。爸爸现在法国靠给一家画廊画画为生，他每天披星戴月的画画，吃住都在画廊，等画卖掉后，再跟画廊老板五五分成。目前尽管赚得不多，但他已经很满足了，每个周末他都会给妈妈打电话，妈妈对他不再拒绝了，他叙述时的语气充满了成就感。

我衷心地祝愿爸爸能够心想事成，自从七年前和妈妈离婚以后，朋友给爸爸介绍过好几位女朋友，但爸爸都觉得不太合适。"主要是俗，你不知道那些长得好看的女人有多俗，整天打听我有多少钱。"

几次下来，他对妈妈以外的女人就有了过敏，比较之后还是觉得妈妈是他最合适的终身伴侣，尽管妈妈对他不够温柔，但是大气，在经济上从不跟他计较。他说他现在才明白一个女人的大气是多么的重要。

我衷心的祝愿爸爸能够在巴黎这个浪漫之都获得妈妈的芳心。

这不正是每位做儿女的心愿吗？

马悦知道我放弃了直升研究生的事件后，也很高兴地表示对我的感谢，他说要用一辈子的相守来回报我对他的爱。

我幽默地表示：只要像香港回归，五十年不变就好。

经历了马悦的受伤事件后，我深深地感到和自己的爱人相守是一件多少重要的事。不管你身处顺境还是逆境，只要和心爱的人在一起，和心爱的朋友在一起，一切困难都会变成浪漫的回忆。

十一

看过《杜拉拉升职记》的人一定会对作品里的办公室斗争记忆犹新。其实,这种战争的硝烟在实习时期就开始了。

马悦出院以后,许见就去一家央企实习了,回来以后,他神秘兮兮地问我们:"你知道我在公司里遇到谁了?"

"遇到谁了?"我们想不出来,把所有可能的人都报了出来,都没有找到正确的答案。许见不无得意地卖弄着:"缺乏想象力吧,告诉你们,是郑炜。"

"郑炜?你有没有搞错,郑炜不是失踪了吗?不是被学校开除了吗?怎么还去央企了?他本事可真大。"这是舒越的声音。

"本事大吧?央企这地方,连个扫地的都可能是总经理的远方亲戚。"许见有些夸张地说。

"那可能又是虹姐在照应他吧?"舒越质疑。

"不对,虹姐的家人不是已经把他们拆散了吗?他们还敢在一起?"我自以为是地推测。

"傻吧你?他们不能偷偷地幽会?保不齐,他也可能不止一个虹姐呢,说不定还有香港干姐姐、新加坡干姐姐呢?"许见继续发挥他的想象力。

"希望老天保佑不要再弄出什么事情来。"我衷心地希望他能够自重。

"不用担心,郑炜是个成年人了,他应该知道对自己的行为负责的。"马悦作总结性的发言。

"你们在说什么干姐姐干姐姐的?干姐姐是什么意思?"这回轮到麦可发挥他的好奇心了。

"干姐姐,嗯,干姐姐就是 No consanguinity sister。"马悦想了想说。

"哦,我明白了,舒越就是我的干姐姐。"麦可如梦初醒的样子真可爱。

"你不要不懂装懂,我是你的 girlfriend,不是你的干姐姐。"舒越取笑她。

"哦,我明白了。"麦可好脾气地点点头。

"你又明白什么了?"舒越决意要逗他到底。

"干姐姐就是夏雨辰,夏雨辰和我没有血缘关系,且又不是我 girlfriend。"

我们全都被他雷倒了，笑成了一团。

"不对，夏雨辰比你小，怎么能是你的干姐姐呢？"许见提出异议。

"那她是我的干妹妹。"这个麦可，还挺机灵的。

我们笑得更厉害了，笑成了一塌糊涂，麦可被我们笑得莫名其妙，也跟着灿灿地笑了起来："我说错了吗？"

看来，这就是传说中的文化的差异了，一个外国人，要了解另一个国家的文化可没有那么容易的。

许见转而对舒越说："舒越，你找了个老外当男友，看上去很美，但这文化上的差异够你们喝一壶的，你们可得做好思想准备啊！"

舒越才没那么人云亦云呢，她在这件事上表现得出奇的淡定："没事，我们有不朽的爱情呢！对吧，麦可？"舒越娇媚地仰起脸看了看麦可，麦可很配合地吻了她一下。

"别别别，别在我这儿演激情戏，我这个单身男人怕受刺激。"许见夸张地叫了起来，我们又笑作一团，马悦的脸上，重又绽放出开怀的笑容，他已经有很长时间没有这样的笑容了，仿佛被持续的伤痛催眠了似的，这段时间以来一直处于不刻意的忧伤之中。

从这天以后，郑炜阴魂不散地又出现在我们的生活中，他虽然没有再和我们朝夕相处，但他却像幽灵一样控制了我们的兴趣，成了我们每天晚上谈论的话题之一，我们从许见的叙述中了解了许多郑炜的近况。

郑炜不肯再回我们这儿同住,许见邀请了他,他拒绝了,他说他需要一个人独处好好地想一想未来,但他没有告知许见自己住在哪,许见也不方便问,从他闪烁其词的样子里总觉得他应该还是跟虹姐在一起,或者是另攀高枝,跟别的干姐姐在一起。许见有些伤感,他觉得郑炜和他之间的友谊像南极的冰山开始莫名其妙地瓦解了,瓦解得无声无息,就如雨季的太阳神出鬼没,说没了就没了,没有预告。过去他们多好啊,好得像穿了同一条裤子似的,郑炜遇到什么事都会向许见汇报,尤其是风花雪月方面的事,郑炜每次诉说,许见都很乐意当他的听众,然后毫无顾忌地对他的故事进行大段的点评,俩人就这样分享着彼此的故事,在这种亲密无间的友谊中走过了整整三个年头。

现在,郑炜单方面地冷冻了他们的友谊,这让狮子座的许见自尊心大受伤害。

在公司,郑炜每次见到许见,都只是礼节性地点一下头,有时甚至会装作没看见他,公司里的同事没人知道郑炜被复旦除名的事,许见自然也为他严守秘密,当公司的人得知许见和郑炜同是复旦大学的同学时,许见也只是笑笑,不再往下展示他和郑炜的关系,这种做法跟许见一贯的性格可是有着天壤之别的,他被郑炜的冷淡弄得有点摸不着头脑:干吗呀哥们,又不是我害你被复旦开除的,至于将兄弟之情打入冷宫吗?我又不会将你被开除的事公布于众，干吗像老鼠躲着猫似地躲着我。

以许见的阅历，他那个时候还不知道，郑炜其实早已把他当成了竞争对手。

最让许见痛苦的是郑炜和他在一个办公室办公，每天抬头不见低头见，除此以外，他们还在一个食堂吃饭，在一个休息室喝咖啡，郑炜像一个幽灵似地在他的眼前晃来晃去，他却得被迫地把郑炜视为路人甲。

于是，每天下班后许见跟我们说起郑炜，都像是一次精神上的疗伤，他的准职业生涯过得太憋气了，太委屈了。郑炜的突然冷漠不仅伤害了他，也不知不觉地改变了他的性格，他原来可是有名的大嘴巴，现在居然也懂得在公司里替郑炜守口如瓶了。

不知不觉地，我们成了许见的心理垃圾筒，许见的控诉也让我们了解了郑炜，奇怪的是，我们不恨郑炜，我们只是同情，相信他的改变也是不得已，他有他的苦衷。

有一阵，许见很为我们对郑炜的宽容受伤害，觉得我们爱郑炜多过爱他，这个得瑟男活生生地被郑炜折磨成可怜蛋。

麦可从来不参与许见对郑炜的声讨，一来是语言问题，他可能听不懂我们的上海话，二来他在我们这里好像只对许见家的众多乐器感兴趣，一回来就不停地摆弄他的音乐。舒越见他如此单纯，也就乐得由着他自娱自乐。

对郑炜的声讨并没有让马悦彻底地放松下来，马悦的伤情一直得不到有效的康复，他还是不能站起来。去复查时医生也说已经尽力了。马悦再次变得心事重重，虽然当面不说什么，但能感觉得到他的不开心，怎么逗他都没有用。

"这可怎么办才好呢?"我苦恼之极，整天在网上搜索治疗马悦的秘方。

终于找到一个，是在台州的老中医，他自称治疗马悦这样的病很有经验。经过多次的QQ聊天后，我和马悦相信了他的医术。考虑到马悦有伤在身行动不便，我们请台州老中医来上海给马悦看病。但老中医放不下那里的病人，无法来上海，

于是许见放下了他的办公室政治，全心全意地和我们商量起去台州的事，他的情绪又高涨了起来。看来，送人玫瑰，手有余香，这句话真是没错呵！

十二

理想的丰满和现实的骨感永远是一对矛盾，节日出门也不例外，冷不丁地就会让人不爽。

送马悦去遥远的台州治疗并不是一件容易成行的事，他的腰伤稍有不慎就会加重病情。

但哪怕有百分之一的办法我们也要去试一试。许见的小轿车显然不适合让马悦躺着去台州。于是许见开了他老爸公司里的一辆七人座的北京现代，让马悦可以舒服地躺着。由许见开车送我们去，舒越和麦可也想去，一辆车正好物尽其用，大家浩浩荡荡地出发了。

出发的那天正值十一长假，交通部宣布长假期间一律免收过路费。这个消息像给全国人民打了一针兴奋剂，激起了前所未有的私家车旅游的热情。我们是九月三十日早晨出发的，正好可以享受到这千年等一回的免费待遇。

台州是一个人杰地灵的地方，是中国黄金海岸线上一个年轻的滨海城市，位于浙江沿海中部。台州兼得山海之利，历史上就有海上名山之美称。那里不仅有袖珍的临海古城墙、还有保留完好的蟠滩古街、济公活佛的故乡天台山、佛教的发祥地国清寺，还有迎接第一缕世纪曙光的温岭。

早上八点吃完早餐我们就启程出发，三个半小时的行程，估计中午时分就可以到，吃完午饭，就可以去看老中医，我们和老中医约定的就诊时间是下午三点。

没想车子开出小区外还没到 G50 高速的入口处就堵上了，排队的车子一望无际，从小区到 G50 入口，仅一公里的路程，居然开了一个小时。到了收费口，才知道为什么会堵得那么厉害，原来，尽管国家规定国庆长假期间高速不再收费，但收费处的过关程序一点都没有变，照样一辆车一辆车地取卡，真不知道既然免费了，为什么还要多此一举。

在我们这个匝道收费处发卡的是一位穿着婚纱的女孩，正当我们用好奇的目光看着她为什么在工作场合穿婚纱时，一位新郎模样的男青年捧着玫瑰大步走向了女孩，突然间他单腿跪地，向新娘求婚。

"这是演的那一出戏啊？"许见被堵车弄得麻木了。

"求婚呢，没见过求婚啊？"舒越取笑他。

"那也太，太，干吗在这儿求婚呢？这不是更添堵吗？"许见的幽默感早被弄没了。

"怎么啦，你这么不善良了，有人求婚是喜事啊。"我说。

"如果是你来开车你就知道这车堵得有多难受了。"

对，我突然想起来，许见是习惯飙车的，今天这车堵得，确实能把一个人的耐心消灭得干干净净。

小车开出收费站后，还是快不起来，勉勉强强地又开了一个小时，这车居然就纹丝不动了。于是，惊心动魄的一幕出现了，高速公路上，一扇扇车门打开了，车主们纷纷走出了车子，有的打起了羽毛球，有的跳绳，有的居然在高速公路上小便。整个的乱象丛生。

就在这时，后面的车里传来阵阵年轻女人的惨叫声。

"什么情况？"许见敏感地探出头往后看去。

"不会是出车祸了吧？"马悦问。

"不知道啊，下去看看吧。"反正车堵着，闲着也是闲着，我和许见、舒越下车后迎着惨叫声走去。

这时，一辆跑车的车门打开了，从司机坐上走出来的居然是郑炜，跑车的副驾驶坐上，坐着的是一位年轻漂亮的女孩，此刻她正一脸痛苦地捂着肚子，整个身体蜷缩成一团。

郑炜看见我们，不由地想退回去，许见一把拉住了他："怎么又是你，什么情况啊。"

"她，她肚子疼。"郑炜吞吞吐吐地说。

"你女朋友?"许见问。

"不,不是,我表妹。"郑炜有些不自然地说。

"得了,我跟你同窗了三年多,还不知道你有没有表妹,别装了,那女的怎么回事,要送医院吧。"

"我手机没电了,你借我手机用一下吧。"郑炜说。

许见二话不说就把手机交给了郑炜。

郑炜来不及回答许见,接过手机就拨电话:"喂,喂,110吗?我的车在G50高速上,动不了,我表妹病了,肚子疼,怎么办呢?不,不是,我们不知道会这么堵的,我们是想去苏州参加生日宴会的,现在怎么办呢?我表妹又在叫了,她肚子疼死了,什么?警车进不来,天呢,这不是要命么?"

郑炜对着手机讲了大半个小时,可对方还是没给出好办法。于是我建议:"这车子堵着没有一时三刻的恐怕动不了,这样等着会出事的,不如大家帮忙把你表妹送下去,让警车在高速出口处等。"

"可是我们现在被堵在前不着村后不着店的高架上,我表妹肚子这么痛,怎么走得下去?"郑炜着急死了:"要不我们大家把她抬下去吧。"

舒越立即说:可是这么长的路抬不动怎么办?"

"是啊,这确实是个问题。"于是我苦思冥想:"怎么办呢?怎么办呢?"跑车上女孩的叫喊声越来越响,我突然急中生智:"要是有个担架就好了,对了,做一个担架如何?这样就可以把她抬下去了。"

我的想法刚刚说出口,许见就问:"可是拿什么东西做担架呢?"

躺在车里的马悦给我们出主意:"你后备厢里不是带了手推车了嘛?用手推车推吧。"

许见:"这主意倒不错,可是你到了台州还得用呢。"

马悦立即说:"管不了那么多了,到时再想办法,赶紧用那推车送女孩去医院吧。"

许见一想也没有别的办法,只好应允。

我和许见、舒越、麦可一起帮着郑炜七手八脚地把他表妹抱下了车,只见她身后的裙子触目地被血映红了一大片。我们把她放到了轮椅上,但是问题来了,郑炜推表妹走的话,他的车就没有人开了,于是他把车钥匙交给了舒越,让舒越代他把车开下高速公路。舒越答应了,接过车钥匙就上了跑车。

由于表妹肚子疼,根本就坐不住,郑炜又要照顾表妹又要推车,显然忙不过来,我很想去帮帮郑炜,可我又放心不下马悦,马悦倒大方得很:"我能照顾自己,你赶紧帮一下他们吧。"

我觉得马悦说得有道理,于是赶紧追上了郑炜,麦可也加入了,我们帮女孩将轮椅车上的保险带给系好,又把手伸给郑炜的表妹,让她握着抗痛。

"手机开着,忙完了给我打电话,我来接你哦!"许见用力地盼咐我。

"知道了!"我拉着嗓子答应了。

由于高速公路上的车停得东倒西歪,我们的轮椅就像在羊肠小道上穿行,而且走着走着就没了"路",因为车子与车子之间停得太近,轮椅车过不去。于是我和郑炜求爷爷告奶奶地让那些司机动一下车,让出一条生路来。可是再往前,那些车停得实在太紧密,轮椅无论如何都过不去,只能动员轮椅上的表妹站起来,由我和郑炜一边一个架着她走,麦可则将轮椅车折叠起来,紧跟在后面,随时准备表妹走不动了好让她坐。等走到开阔些的地方,我们再把轮椅展开,让她重新坐下,然后大家一起推着他走。

就这么走走停停,花了两个多小时我们才得以走下赵巷高速出口处,表妹已经痛得神志不清。远远地就看见急救车已停在五十米外的地方,两位工作人员见到我们立即就迎了上来,将表妹抬到了担架上。然后放到了救护车上。我很纠结要不要跟救护车一起去医院,既不放心表妹,又怕耽误了送马悦去治病。

郑炜一把拉住我们,请我们一起去医院:"医院这种事我不懂的,怕HOLD不住啊。"

"其实我也不懂啊!"我面露难色。

可是我怎么能拒绝那一双无比恐惧的眼睛呢?!

于是我一抬腿,上了救护车,随后,麦可也上了车。

一路上,同样还是堵,表妹又开始惨叫起来,如世界末日

一般。医生给表妹接上了氧气。半小时后,救护车终于开到了位于青浦的青城医院,郑炜的表妹被推进了急救室,我和郑炜还有麦可被拦在了门外。许见打电话来问我在哪?我告诉他在青浦的青城医院,许见为了防止我们走散,让我等在医院,他会开车来接我。我同意了。

我和郑炜、麦可在手术室门口焦急地等着,医生不停地进进出出,两个小时后,许见走进了医院,他第一件事是取轮椅车,说要推马悦上厕所,高速公路上待了那么长时间,早就憋不住了。

许见推着马悦上完了厕所回来,我们决定马上上路去台州。马悦则表示想回去,高速公路上的超级堵车让马悦失去了继续前行的勇气,现在上高速,哪怕前面一马平川不再堵车,要准时赶到天台也是不可能的了。

于是许见打电话问台州老中医,能不能推迟马悦看病的时间,老中医告诉他,他明天要赶到北京去给一位首长看病,只有今天有时间了。

我们商量了一下一致决定稍事休息后继续前行去台州。

大家一起坐在手术室的门口聊天,马悦问郑炜为什么总不理他?郑炜含含糊糊地说心情不好,一天到晚没命地忙活,却连一分钱的收入都没有,还要倒贴车费。真是弱势群体啊。当弱势群体真可怜,他的表哥博士毕业七年了还没有找到工作,目前只得给一邻居家的工厂开小车。他的经济收入可想而知了。

"我念一段顺口溜给你们听吧。"郑炜打开了手机念了起来:"博士生满街走,硕士生不如狗,本科生没事做,只好做扒手。"

"真有那么惨吗?"我同情地问。

"虽是戏言,但道出了一个比通货膨胀更让人心酸的事实呢,文凭膨胀。"许见总结。

"从1999年起高校扩招以来,普通高校本科毕业的人数比十年前增加了3.5倍,原先单位招人看学历,现在学历已失去了原先的魅力,现在的人才已不是满腹经纶的博士,不是拥有一大堆证书的考试狂。现在需要的是综合实力,包括稀缺的'关系'。"郑炜分析得头头是道。

舒越见话题太沉重了,就转换了话题问郑炜:"你的表妹看上去是未成年哎,几岁了?"

郑炜犹豫了一下说:"说十八岁。"

"十八岁?不像,高三吧?"我问。

"是。"郑炜回答。

"行啊你,老少统吃啊!"舒越直言不讳地提高了嗓子。

"什么老少统吃?别讲那么难听么?她是我表妹。"郑炜有些心虚地争辩。

"别装了,我还看不出来,你根本不是个好演员,我一看就明白她不是你表妹,我们大学四年我早就知道你有没有表妹了,从实招吧,她到底是不是你女朋友?"舒越可真行,硬是把郑炜逼得走投无路。

郑炜还是没有直接回答，他局促不安地站了起来："我去上一下厕所。"说完就向走廊的深处走去。

于是大家谈到了高中生恋爱算不算早恋的问题，谈到了尽管大学毕业找工作越来越难，但高三学生还是拼死复习的现象，一副不到黄河心不死的样子。

舒越说她有位表妹也正值高三，已经进入高考倒计时状态，紧张得好像面对世界大战似的，舒越本想让她出来玩玩，但她说要抓紧长假期间复习功课，硬是不肯来。真是拿她没有办法。现在看来，还是郑炜的表妹比较放松。

"你看那跑车，就知道是个富二代，有家族企业，考不考大学都无所谓啦。"我感叹。

"这就是社会的不平等啦！"郑炜回来了，也加入了我们的话题："社会本来就不平等的啦，平民人家的孩子只好把高考视为改变命运的稻草，很悲壮的。我再给大家看几条网上下载下来的段子。

郑炜说完就打开了他的 iPhone，屏幕上跳出了几段高考的段子：

只要学不死，就往死里学。

没有高考，你拼得过富二代吗？

考过高富帅，战胜官二代

提高一分，干掉千人

流血流汗不流泪，掉皮掉肉不掉队

吃苦受累，视死如归

不像角马一样落后，要像野狗一样战斗

现在多流汗，以后少流泪

高考100天，手机放一边

不拼不搏，一生白活，不苦不累，高三无味

真是硝烟弥漫啊，我不由地感叹。我自己的高三生涯仿佛又浮现在眼前，那时，我们也是没白天没黑夜地做作业，老师、家长个个都像打了鸡血似的把分数看得比天大。学生们全都成了博取分数的机器。高三的整整一年几乎没有学习新的知识，全花在了复习考试做试题上，回首往事，这是一个多么疯狂的一年。

"你不知道，现在的小孩一上小学作业就多得天天要做到十一、二点钟。我们要有了小孩，读书前就把她送国外去，省得在国内受折磨，是吧？亲爱的。"舒越冲着麦可展颜一笑，麦可很模糊地点点头算是回答。

正说着，手术室的门开了，郑炜的表妹被推出了手术室。医生告诉郑炜，病人宫外孕，流产了，身体很虚弱，要好好调养。

郑炜吃了一惊："宫外孕？流产？她怎么会流产？"

医生横了他一眼："她怀孕了你不知道？不在家好好的养着，

还跑这么远的地方来。"

"我不知道,孙子才知道她怀孕了。"郑炜急得汗都冒出来了。

"不负责任,我告诉你,她有可能再也不能怀孕了。"医生扔下这句话就走了。

郑炜一屁股跌坐在椅子上,失神落魄:"怎么会这样?怎么会这样?"

舒越一把拉住了他:"郑炜,你怎么啦?"

"我完了,我就要完蛋了。"

"这个表妹是你的女朋友?"我警觉地问。

"不知道,我不知道。"郑炜捂着耳朵惨叫着跑出了大楼。

"郑炜,郑炜!"我和舒越大叫着追了上去,麦可也跟着追了几步,想到马悦还一个人在手术室门口,又折返了回去,推着马悦向郑炜追去。

郑炜一口气跑到了医院的花园里,我和舒越终于一把抓住了他,舒越劈头盖脸地一顿骂:"你一个大男人跑什么跑?又没有死人。"

"这不等于死人了!宫外孕,不能生育,这比死人还厉害呢!"郑炜痛苦地直抓自己的头发。

"她到底是你表妹还是你女朋友?"我问。

"这还用问吗?我哪能有开宝马的表妹,我连她女朋友都谈不上,她有个比她大十五岁的未婚夫,是她老爸生意上的伙伴,她不爱他，所以就拿我填补填补空虚的。"郑炜不得不说出真相。

"你呀，哎，怎么说你呢，真是朽木不可雕，你虹姐的事还没完呢，又沾上一手的湿面粉，这种富家小姐是你这种人能碰的吗？这下可好，闯祸了吧！"我痛心疾首地替他担心。

"那孩子是你的吗？"舒越问。

"我不知道，也许是，也许不是？"郑炜闪烁其词地说。

"你这人怎么那么混蛋呢！"马悦也忍不住埋怨他。

"不对，你们等等，让我想一想，她不是还有未婚夫吗？那孩子有没有可能是她未婚夫的呢。"舒越一拍脑袋，问郑炜。

"当然有可能，到时候我就死不认账，就说那孩子是他未婚夫的，反正孩子也流产了，死无对证了。"郑炜擦擦眼泪，终于安静了下来。

"你呀，就喜欢投机取巧，一个人不怕犯错，就怕心术不正，大男人要敢作敢为勇于承担。"马悦这人历来就直言不讳。

"不是我不肯承担，而是我承担不起这样的责任，她现在都这样了，我要什么都认了，不被他们整死才怪呢！"郑炜仍然惊魂未定。

"你既然没有承担风险的勇气，那你就做个平平凡凡的人好了。"我很生气。

"可是你说错了，李嘉诚说过，你如果只想过普通人的生活，就会遇到普通的挫折；我想过上最好的生活，就一定会遇到最强的伤害。这世界很公平,我想最好,就一定给我最痛。我要是能闯过去,就是赢家,等实在闯不过去,我再乖乖的做个普通人也不迟。"郑炜掷地有声地说。

"真服了你了!"我发现郑炜顽固不化,根本不可能被说服。

我们又来到了郑炜"表妹"的病房,躺在床上的郑炜表妹紧闭着双目还没有醒来,她精致的脸庞惨白得如同白纸一般了无生气。

我们留下郑炜照顾病人,我、马悦、许见、舒越和麦可继续上路。

高速公路上仍然很堵,我们一路开一路停,到达台州时,已是晚上八点钟了。老中医检查了马悦的伤势,看了我们带去的片子后,给马悦进行了推拿和针灸,疼得马悦大汗淋漓,完事后又开了一大堆的处方,中间有很多名贵的药材。他告诉我们,处方由他的工作室提供,明天上午就可以来拿。

第二天,我们准时来到老中医的工作室时,老中医的助手已把中药准备好了,付费时我吓了一跳,那药贵得惊心动魄,要三万多。我们带的钱根本就不够,后来还是刷了许见的白金卡付清了药费。

"什么时候老中医也变成豪门了?"回宾馆的路上,马悦忍不住抱怨:"药费真贵。"

"不管了,只要能治好你的伤,再贵也要治,哦!"我安慰他,尽管我也在发愁如何归还许见的钱,但我觉得目前的首要任务是给马悦治好病。钱嘛，反正我们年轻，有得是时间去赚。

我们没有马上回上海，决定在台州玩一天。马悦的伤需要静养，他表示可以在宾馆里待着，我们只管去玩，我怕马悦寂寞，表示要留下来陪他，他不让，一定要让我和舒越许见他们一起去玩，他说他已经够拖累我了，我再不去玩，他心理上的负罪感太深重了。于是我只好尊重他的意愿。

我们首先去了国清寺，国清寺是我国创立的第一个佛教宗派天台宗的发源地，和济南的灵岩寺、南京的栖霞寺、江陵的玉泉寺并称为"天下四绝"。

国清寺总面积达 7.3 万平方米、分为五条纵轴线，正中轴由南而北依次为弥勒殿、雨花殿、大雄宝殿、药师殿、观音殿；还有放生池、钟鼓楼、聚贤堂、方丈楼、三圣殿、妙法堂（上为藏经楼）伽蓝殿、罗汉堂、文物室等，大雄宝殿正中设明代铜铸释迦牟尼坐像。像背壁后，有以观音像为中心的慈航普渡群塑，殿两侧列元代楠木雕刻的 18 罗汉坐像。整个国清寺拥有 8000 余间房屋的古建筑群。

停好车，我们一行人向国清寺的内部进发。置身在一座座威严浩大的大殿中，我们对佛学充满了敬畏，我曾经看过不少佛学的书，最爱的是《般若波罗蜜多心经》，这是佛经中字数最少的一部经典著作，因其字数最少、含义最深、传奇最多、影响最大，所以古往今来引无数艺术家都倾注了极大的精力和虔诚之心，把《心经》创作成为异彩纷呈的艺术品。去年，王菲在法门寺演唱的《心经》空灵绝美,王菲的一袭白裙宛如圣女,仪态万方、神情淡定地把一句句歌词唱进了人们的心里。从此以后,佛学在我心里除了神圣还很唯美。

我们沿着青石板路往国清寺的深处走去,在大雄宝殿,我们看到好几位游客带着和我们差不多大的儿女在烧香拜佛,从他们的对话中我们才知道他们正在给正值大四的儿女祈求找到好工作。

麦可目睹着这一切,不禁感叹中国家长是世界上最辛苦最晚"断奶"的家长了。

在大雄宝殿左侧有一座梅亭,亭前花坛植有老梅一株,苍老挺拔,传为天台宗五祖手栽,俗称"隋梅"。这大概是我国现存的最老的一棵梅树了,只见梅树疏枝横空,暗香浮动,令人肃然起敬。当我们来到树下,我双手合十地仰望着大树,心中默默地祈祷着。我是替马悦祈祷的,期盼他早日康复!

"夏雨辰,你在祈祷什么?"许见嬉皮笑脸地问我。

"不告诉你。"我故作神秘地耸了耸肩。

"没良心,我对你这么奉献你还冷落我。"他委屈地说。

我不忍心看他伤心,他是个多么好的朋友啊。

"那好吧,告诉你吧!"我说:"我祈祷马悦能早日恢复健康,他是一个多么热爱运动的人,这几个月一直卧床,我知道他的心里非常的痛苦。"

"看吧,我就知道你不是为我祈祷的。"许见还是闹腾:"我就知道你心里只有马悦。"

"你看你这人怎这么不懂事，马悦是我的男朋友，他又为我伤成这样，我能不对他好吗？我看你是寂寞了，还不赶紧找个女孩谈恋爱。"我正儿八经地建议他。

"我才不随便找个人谈恋爱呢，爱情是要有眼缘的，我现在只对你有眼缘。"许见固执起来，也很不讲道理的。

"我跟你说了多少遍啦，我已经有马悦了，我是不会跟马悦分开的，你不要在我身上浪费时间啦！"我再次劝他。

"算了，又绕回去了，我算是服了你了，夏雨辰，你越对马悦好，我就越喜欢你，像你这样的傻女孩都快要绝种了。"许见含情脉脉地看着我，他的眼睛因为深情而异常的明亮。

我怕自己招架不住他的深情，赶紧改换了话题："对了，郑炜跟你和好了，我真高兴。"

许见见我扯开了话题，有些受伤，但他还是接过了我的话题："我可不敢保证他真的把我当哥们了，他这人反复无常，我都有些怕他了。"

"那你说他的表妹，不，那女孩如果知道自己流产了，将来不能生孩子了，她会怎么样，她们家会找郑炜算账吗？"

"不知道呀，能开宝马车的，应该不是普通人家的女孩，她家人知道了，估计不会放过他。不过关键是那孩子到底是郑炜的，还是她未婚夫的。"许见分析得头头是道。

"可是孩子已经流产了，确实没法判定那孩子是谁的了。"

我说。

"不过郑炜这回很难逃得了干系,这个可怜的家伙运气也太差了,每次做了什么见不得人的事就被曝光,虹姐的事如此,这富家女孩的事更是如此。"许见可真是个善良的人,郑炜这么有负于他,他还在同情郑炜。

"也不完全是运气的事,夜路走多了,难免会碰到鬼,郑炜总是这么做人家的地下情人,倒霉也只是个时间的问题了。"我提出自己的见解。

"你说得也有道理,反正这个时代运气是超级重要的,倒霉的人,喝口冷水都会呛到,走红运的人,怎么着也没事,你没见很多贪官,钱多得没处放,居然还能平步青云,不降反升。我爸是办企业的,他打交道的官员多得去了,可有几个贪官被抓了?"

"不是不报,是时辰未到,反正我总觉得做人要正直,不能做亏心事。"我坚持自己的为人准则。

"你总是对的,嘿嘿!"许见又嘻嘻哈哈地笑了一下。

说话间,一位小男孩向我飞跑过来,不小心撞了我一下,我一时没有站稳差点摔倒,说时迟那时快,许见一把扶住了我,我才没有倒下。我感激地对许见笑了一下。

"哇,马悦不在,你就这么缠着夏雨辰啊。"不知什么时候,舒越和麦可站到了我们眼前。

刚才还在大殿看见舒越拉着麦可又是拍照又是祷告,忙得

不亦乐乎呢。

"别乱说,我们只是在谈一些郑炜和他表妹的事。"我不想让许见难堪。

"我没乱说啊,我老远的就看见许见对你拉拉扯扯的了。"舒越就是不依不饶。

"哎呀,我差点被撞倒,是他扶住我啦。"我忙着解释。

"看你着急的,我是在跟你们开玩笑呢。"舒越哈哈大笑。

被舒越这么一戏弄,许见不停地抱怨自己成了孤家寡人,沮丧得很。

离开国清寺,我们又去了临海的古长城。

临海的古长城素有"江南八达岭"之称。长城依着青山蜿蜒而进,全长6000多米,现存5000米。东起揽胜门,沿北固山山脊逶迤至烟霞阁,于山岩陡峭间直抵灵江东岸,延伸至巾山西麓,依山就势,俯视大江,矫若巨龙,雄伟壮观,尤以北部最峻,与北京八达岭长城形神俱肖。沿途各类城堡、城门、城楼独具特色,给人以无穷的力量和勇气。同时,古长城又带有它自己独特的风格,体现出江南清秀、柔美的特点,更增添了她的魅力。

麦可无不兴奋地说,"中国真是地大物博啊,我要号召所有的外国朋友都来这里见识见识。"

"你还没有去过北京的长城呢,那更宏伟得没话说了好伐?"许见帮助麦可打开眼界。

"但是，临海长城是北长城的蓝本，历史更悠久。他们在规格、形制、构造上，共同点也颇多，实为北国长城之师范。"我忍不住补充。麦可对中国更是佩服得五体投地了。

刚踏上古城墙，一只彩色的风筝就落到了许见的肩上，许见正诧异着，只见一位长得有几分像郭晶晶的女孩上来取下了他肩上的风筝。女孩灿烂的笑容像闪电一样电到了许见。

"成铭！"我一下子认出了她，她是我初中时候的同学，也是我的死党。

"夏雨辰！"她也认出了我。我们欣喜地相互走近，对视了片刻后，就紧紧地拥抱在了一起。

"雨辰，怎么是你？我好意外哦！"成铭还是初中时那大大咧咧的样子。

"我们是来看医生，顺便来旅游的，这些是我的朋友，来，介绍一下？"我指了指身后的许见、舒越和麦可，一一向她介绍，然后又向大家介绍了成铭。

"这是我初中时候的闺蜜，成铭。"

成铭跟大家"嘿"了一下，算是打招呼。

"这风筝真好看，是你做的？"许见立刻搭讪。

"这只风筝的主人在后面呢，大朋，快过来。"女孩指着一个胖胖的男孩说，他的身后跟着一位瘦高个男孩。

两个男孩一起靠了过来。

女孩告诉许见，他们正在推广一个发明：求爱风筝，就是通过遥控将风筝送到心爱女生的面前。

许见看了很来劲，一打听，他们全都是上海建桥学院大四的学生，那俩男孩是台州人，所以就到台州来打市场了。

成铭告诉我们，他们打算毕业后就自己创业，把自己的十几项发明专利变成产品推向市场。

想到我的许多复旦的同学都在苦苦地找工作，我不由地感慨："到底是建桥的学生，实战能力强，值得我们学习啊。"

成铭说："我们才不愿意给别人打工呢，那多没有出息。"

许见指了指两位男孩，意味深长地问："哪位是你的男朋友？"

成铭快人快语地说："不要瞎说好不好？他们都是我的同学，我的哥们，怎么是男朋友呢？"

"我也是随便问问呢，不是男朋友最好啦，你们愿不愿意多一个人陪你们一起创业啊？"许见毛遂自荐。

"当然愿意了，你想跟我们一起干？"成铭高兴地问。

"是啊，我也对创业有兴趣呀！"许见答。

"好啊，好啊，一起干。"成铭高兴地拍手。

另外两位男生也跟着回答："一起干好，一起干好啊，人多力量大。"

许见高兴地表示："我们交换一下手机号码吧。"

成铭立即掏出了手机："你报号码，我打你一下手机吧。"

许见和成铭互留了电话。

"我加你微信哦,你确认一下!"许见继续关照成铭。

"好!"

许见这才满心欢喜地和我们一起离开。

"夏雨辰,你看许见对你的感情靠不住,刚才还恨不得把你搂进怀里,才这么会儿就跟你的前闺蜜好上了。"舒越嘲笑许见。

"你说什么呀,他有追女孩的权利嘛。"我替许见开脱。

"是啊,我只是想跟人家一起创业,哪有跟别人好上?"许见不好意思地解释。

"许见,你不用不好意思啦,舒越是逗你玩的,你有权利追求喜欢的女孩的,成铭是我初中的闺蜜,她是一位很可爱的姑娘。"我决定鼓励许见追求成铭。

"是,是,雨辰说得极是,你有恋爱的权利。"舒越也笑着点头称是。

许见的情绪明显地好了许多,看来,旅行和邂逅是一对形影相随的姐妹啊!

十三

人是情绪化的物种,别人的走运也会让自己平静的心湖泛起涟漪。

离开古长城,我们回宾馆接上马悦,然后就踏上了回家之路,上帝保佑,这次高速公路没有像来的时候那么堵,经过五个半小时的车程,我们就回到了上海。几天的折腾,我们个个累得腰酸背疼,让马悦在床上躺下后,我顾不得休息立即学着给他煎中药。

那天的电视里,正在播放郭晶晶即将嫁入豪门的新闻,到底是豪门的婚礼,光结婚照就拍了古今中外好几个版本,引得媒体像串通好了似的清一色的一派羡词。

"你们说郭晶晶嫁到霍家会幸福吗?"像所有女孩一样,郭晶晶嫁入豪门的消息也刺激着舒越的神经。

"谁知道呀,他和霍启刚的感情只有她们自己知道啦。"我边煎中药边回答。

"当然幸福啦,她到底是嫁入豪门了。"说这话的是许见。

"可是嫁入豪门就一定幸福吗?有个词说什么来着?豪门深似海,郭晶晶是搞体育出身,肯定很单纯,她不定会有多不适应呢。"我说。

"夏雨辰,这是你想象出来的,豪门也有人情,不见得跟平民人家有多大的区别,你能保证嫁入平民就没有烦恼吗?"这是许见的回答。

"平民的家庭关系要简单许多呀。"我说。

"夏雨辰,不想嫁入豪门的女孩不是实力派女孩,你没听到《非诚勿扰》的女嘉宾是怎么说的?宁愿坐在宝马车里哭,也不要坐在自行车上笑。那气魄,才是女中豪杰啊,夏雨辰,天生丽质难自弃,你不嫁豪门就是资源浪费啊。"许见到底是富二代,说出来的话都代表了富人的立场。

"许见,你什么意思?"这些话,没有逃过马悦的耳朵,这一下,马悦不乐意了,拉长了嗓子问罪许见。

"许见的意思很明确啦,像夏雨辰这样的优质女孩就该嫁入像许见家这样的豪门。"舒越调皮地调侃许见。

马悦的脸色几乎发青,气得说话也不连贯了:"你,你,豪门无情,这种阔少没几个好的,只有做自己想做的才能幸福,郭晶晶不见得能幸福。"

许见发现马悦不高兴了,并没有马上意识到自己说错了话,而是倔强地回击:"谁说豪门无情,你跟豪门有仇吗?你这是财富歧视你知道吗?"

"不过我说大实话,你打开互联网看看,哪里没有一本嫁入豪门的血泪史?"马悦仍然不依不饶。

"好了好了,你们争够了没有,何必为别人的选择吵得不可开交,你们谁都没有说错,各有各的理,反正我是不稀罕嫁入豪门的。我有手有脚脑子还不笨,我能赚钱养活自己,何苦一定要嫁入豪门呢。"我适时地阻止了两个大男孩的争吵,一位是我深爱的男友,一位是我的铁哥们,何苦要为了这些无聊的话题搞得不可开交呢!

"你说得不对,人不能只为养活自己,人要实现自己最大的价值,而很多时候实现价值就意味着要有钱。"许见还是发表自己的高见。

"亲爱的,他们刚才在吵什么?"麦可好奇地问,由于我们刚才讲的都是上海话,麦可不能完全听懂。

"他们在讨论嫁给有钱人好不好?亲爱的。"舒越笑眯眯地回答,很有点唯恐天下不乱的味道。

"那结论呢?"麦可关心地问。

"许见说嫁给有钱人好,马悦认为嫁给有钱人不好,亲爱的。"舒越耐心地回答。

"那你认为呢？亲爱的。"麦可很认真地看着舒越问，显然他对这个问题很感兴趣。

"我就是豪门，我怕谁？"舒越说完哈哈大笑。

"你这也叫豪门，你好好交好伐？你们家最多也就是个中产阶级了，你爸你妈虽然是央企高干，但再高干也是拿薪水的，要真变成豪门你就要变成孤儿了。"许见纠正舒越的说法。

"你乱说什么呢？你才会变孤儿呢？你们全家变孤儿呢。"舒越显然是被激怒了。

舒越一怒，许见就急了："我是开玩笑的，你要着急就不好玩了，我的意思是说当干部如果能变成豪门，那肯定得贪污，那早晚有一天会被查出来，被关进去，那不是要变孤儿吗？你没见网上天天有高官落马？"

"你老爸老妈才落马呢，我爸妈正直着呢，从来没有贪污过。"舒越还是竭力为爸妈正名。

"哎，我今天这是怎么啦？怎么这么背？谁都跟我过不去。我输了，我投降还不行吗？"许见沮丧地举起了双手。

大家全都笑了起来。

"其实我也觉得豪门不豪门的不重要，重要的是两情相悦，对不对？亲爱的？"麦可认真地看着舒越。

舒越调皮地点了点头，算是认同。

"对了，你们说，那个成铭跟郭晶晶长得像不像？"许见机智地转换了话题。

"有点像，不过眼睛比郭晶晶大，皮肤比她要黑。"我说。

"我看不太像，她不仅眼睛比郭晶晶大，嘴也比郭晶晶大。许见，你好像对她特别感兴趣哦？"舒越取笑他。

"我看他是动心了，回来的路上就听他在说成铭，成铭。"马悦终于也心平气和地加入了开玩笑的行列。

"好吧，好吧，我承认有心动，不过那是一时的，我是不会轻易爱上别人的，你们知道的。"许见边说边看着我。

"看着我干嘛？你的事别赖我哦，你该爱谁爱谁去。"我不想让他心存幻想。

"好了好了，算我自作多情好吧？我明天就找成铭去。"许见伤心地躲进了自己的屋子。

突然的，我想起煤气灶上还煎着中药呢，这回好了，被争吵得差点忘记了，我关了煤气，发现水已经很少了，都怪许见不好，讨论什么豪门不豪门的事！

我迁怒于许见！

"怎么又怪我不好了，明明是你自己没有看好火嘛，我今天怎么就这么背运，一直被你们批评。"许见急得简直要动怒了。

我也觉得自己过分了，就向他作了道歉。

自此以后，我们的谈话中就多了成铭这个名字，许见的手机每次响起，舒越就喊着："快快快，快接电话，成铭电话。"许见果然就紧张兮兮地跑一边接电话去了。我们的家里为此又多出了许多的快乐！

一个星期过去了,马悦的病并没有明显的好转。一天半夜,我正熟睡着,却听到了"咚咚"的敲门声。

"夏雨辰,夏雨辰。"是许见急促的声音。

"怎么啦?"我以为他又人来风了,不耐烦地问。

"马悦不好了。"

"怎么不好了?"我立即警觉地问。

"他,他鼻子流血了,止都止不住。"许见说:"他出了好多血。"

"怎么会这样?"我立即被吓着了,顾不得穿上拖鞋就直奔马悦的卧室,只见马悦像鸟一样努力地仰着头,不让血再流出来。枕头上,被子上有着花瓣似的血迹。

"许见,你开车,赶紧送马悦去医院吧。"

"好。"许见立即帮我把马悦扶到了轮椅上,又推着轮椅来到停车库,当我们坐上轿车后,他一踩油门直奔G50高架,经过延安路高架,从定西路口下来后,很快就到了华东医院。

医生对马悦做了仔细的检查,说马悦的症状是由于内火过旺引起的,问马悦最近吃了什么上火的东西,我们一致表示没有,马悦每天一日三餐的营养餐都是经过精心调配的。

我突然想起了老中医开的中药,对医生说马悦在吃中药,会不会是中药引起的。

医生问我马悦都吃了哪些中医,我凭记忆告诉了医生,医生说这就对了,鹿茸是很名贵的药材,但性温,吃多了会上火。

132

"哦,明白了。"

"其实马悦的病不用吃鹿茸,不对症的。"末了,医生补充说。

"这坑爹的老中医啊,原来是一骗子啊!"我们在心里暗暗叫苦。

医生接着给马悦开了一些败火的药,我们才离开。

回到家的第一件事就是把台州老中医配的药给倒了。

"我就说还是西医好吧,中医不好。"一旁的麦可发表高见。

"你懂什么?中医也有好的,好伐?"舒越说。

"是啊,按理来说中医是很好的东西,它是以整体观相似观为主导思想,以脏腑经络的生理、病理为基础,以辨证论治为诊疗依据,具有朴素的系统论、控制论,分形论和信息论内容,比西医治疗更有系统性。"这些知识是我从网上学来的。

"看来我们是病急乱投医,没有找对人。"许见总结性地发言。

"对,我们需要再去打听打听找个能对症下药的老中医。"舒越作总结性的发言。

不管别人的生活过得有多么的绚丽多姿、如火如荼,自己的生活则是每一件都沉重得掷地有声。

十四

现在时尚一个词叫包装,不论你干什么都要先包装。随着择业竞争的不断白热化,找工作也引入了越来越繁杂的系统包装的概念了。

离大学毕业还有大半年,找工作的号角就已经吹得震耳欲聋了,大部分的同学都已摩拳擦掌地进入了状态,即便是准备读研或出国深造的同学,也把找工作当作是磨砺自己的机会。在舒越的鼓动下,我和她一起加入了找工作的行列。

就像上台演出需要演出服一样,找工作同样也需要准备行头,无论是拍毕业照还是面试,我们学生时代穿的小浪漫小温馨的衣服都不合要求了。取而代之的是职业装,为了买到合适的职业装,舒越在网上做足了功课。经过对中外品牌服饰全方

位的研究后，决定选购 G2000 的品牌。G2000 品牌于 1985 年创立，是一家专业服装连锁店，其服装定位为时尚潮流的男士及女士上班服。G2000 选用高质布料演绎最新欧洲时装潮流，为都市白领提供了无尽的衣着配搭和生活品位，让她们自信地活跃在都市生活中。我认同了舒越的眼光，决定和她一起直奔南京西路的直营店，G2000 的服饰对修身的要求较高，所以不适合在网上买。在营业员热情的服务下，我们分别挑选了白衬衣、黑色的小西装和西裤各一款。这么一穿，我们两个嘻嘻哈哈的女孩真的就变成了小白领了。职业装要配高跟鞋，随后我们又去不远处的梅隆镇广场，各买了一双黑色的 BELLE 的三公分高跟鞋，因为是上班穿的，所以跟不宜太高，只选了三公分高的。BELLE 是中国名牌，不算太贵，但也算穿得出去。这是我第一次穿高跟鞋，整个感觉像踩高翘似的难以平衡，还真有些不适应呢。

　　我和舒越穿着刚买下的职业装回到许见的别墅，感觉就像战士凯旋一般，着实把大家惊呆了。

　　"哇，原来两位美女有那么妖娆的身材啊！"许见夸张地叫着，马悦和麦可也都无不赞叹："感觉来了两位希拉里呢！"

　　"去，我们有希拉里那么老吗？"舒越笑。

　　"我看像《欲望都市》里的凯拉。"麦可也发表言论。

　　有人说成长是从第一套职业装开始的，我们确实感叹自己即将远离的纯真的学生时代。

我们在镜子前反复端详着自己，陌生得很。

许见和马悦因为是男生，他们早就有了好几套西装了，所以服装方面就不用折腾了。

求职包装的内容之二是拍报名照，舒越说她知道有一家名叫神奇的专门拍毕业照的小照相馆，化妆拍照都不错，有化腐朽为神奇的超级本事，哪怕是吕燕进去，也能被化妆成林志玲出来，拍出来的照片更是跟章子怡有得一拼。

于是我们上网找到了广西路上的神奇照相馆，他们拍了十八年的毕业照，我们一致决定去，马悦因为伤没好，不愿意去拍照，于是许见、舒越、麦可，还有我就直接去了神奇照相馆，他们的化妆技术实在了得，把我和舒越化得天仙似的。拍摄过程中，我们得知这家照相馆下月就要关闭了，因为房租涨得厉害，他们承受不起，经营不下去了。

许见听了，立即有了把这家照相馆盘下来的念头，让那些想勤工俭学的学生来经营。可以解决好几个工作机会呢，许见说。

照片出来了，水平果然了得，把我们的照片拍得端庄又不失活力，我们万分满意地告辞。

接下来就是准备简历了，许见说，找工作首先得为自己编一段漂亮的简历，他上智联网下载了一范本，进行精心的加工修改后就让自己有了一份体面的简历。许见还让一广告公司的哥们进行打印装帧，许见说这就叫包装，可以尽可能地把自己卖个好价钱。

舒越笑话他:"你不是想一心创业吗?何必还那么麻烦编简历。"

许见回答:"到底是女人,头发长见识短吧。创业免不了要跟市场打交道,我先学着把自己卖个好价钱,正好也把自己在市场上进行估值,确认自己是不是优质产品。"

"嗯,一肚子的生意经。"舒越不由地佩服。

"生意经有什么不好?你别说,整个毕业准备,可是个声势浩大的产业链,巨大的商机啊!"许见不愧为富二代,对市场有着高度的敏锐。

"看来我们可以办个公司,专门经营求职产业。"马悦也出主意,这俩男生可是想到一块去了。

"好,我们说干就干。"许见兴奋地应允。

整整折腾了一个星期,大家才把简历寄出去。这一折腾,竟折腾出了许见心中的一个创业梦。

十五

2012年,这真是创造奇迹的一年。

"你们知道伐,中国作家莫言得了诺贝尔文学奖了!"吃晚饭时,向我们发布这个信息的是马悦,马悦天天在网上徘徊,对国内国际的新闻关心得很。

"真的?他的哪部小说得奖了?"许见很二地问。

"诺贝尔文学奖不是给某一部作品,而是给他所有文学上的成就的。"马悦显然已在网上补过课了。

"那他都有哪些作品呢?我怎么没听说过这位作家?"许见好奇地问。

"莫言是很小众的作家,很多人都没看过他的小说,连很多文化圈的人都没有看过他的作品,他写得最好的是《生死疲劳》，最有名的是《红高粱家族》，就是张艺谋拍成《红高粱》的那个，他还跟张艺谋、巩俐合过影呢，那时候莫言刚刚出道，还没什么名气，后来《红高粱》电影得奖，张艺谋和巩俐的名字红遍全世界，莫言却还只是很小的圈子里才知道他，所以还是当导演的红得快。"我对文化艺术圈如数家珍，我妈在国内的时候，经常会跟我讲圈子里的事，还带我参加他们的聚会。即便现在国外，还经常会在电话里或邮件中讲一些文化圈的逸事。我妈对《生死疲劳》的一段话"生死疲劳，从贪欲起。少欲无为，身心自在"。特有感悟，那些疲惫，疾病和死亡都是由贪婪欲望引起的，清心寡欲，不争名利，身心就都会舒适。我想，妈妈不仅仅是在给我传达文化圈的信息，更是表达自己对人生价值的取舍。

"你对这个圈子的情况很了解哎，不愧是小才女。"许见露出了钦佩的目光。

"没有啦，略知一二而已。"

"莫言挺不容易的，一个没有任何背景的农村长大的孩子，能摘取世界文坛上的明珠，怎么说都是传说，很励志啊！"马悦说。

"这个故事要说给郑炜听就好了，他总是张口闭口的不离'拼爹'这两个字，好像全世界只有有个叫'李刚'的爸爸的人才有资格成功。"舒越忍不住说。

"他是走极端了，是，这个世界是有不公平，但也不能一概

而论啊,奥巴马的父亲出生于肯尼亚的农村,他还不照样通过个人努力当上了美国总统?"马悦说。

"你这是说的美国好伐?美国是民主国家,总统是选民选的好伐?"许见插话。

"中国也有啊,莫言不就是励志的典范?郭晶晶也是啊,她也是靠自己的努力一跳成名啊,她的爸妈也都是很普通的老百姓啊!这样的靠个人奋斗成功的例子多得去了。"我想了想说。

"夏雨辰,你是还没有走上社会,我爸妈一直在创业,我太清楚他们是怎么取得今天的成功的,有些事情我们无能为力,但我们还是可以靠自己的努力打出一片天下的,一定的!"这是许见的声音。

"你们都说得很有道理,麦可的家族在伊朗就很有影响力,但他不靠家族,他来中国了,就是要靠自己。"舒越说。

麦可显然是听懂了我们在说什么,也加入了我们的讨论:"我们都是靠自己的。"

"哎,说到郑炜,不知道他现在怎么样了?那个流产的女孩的爸妈不知道有没有为难郑炜?"舒越转换了话题:"许见,你现在实习还能碰上他吗?"

"没有,自从十一长假以后,他就不来实习了,我给他打过电话,他手机关机了,给他发微信,也不回。"许见说。

"这个郑炜,真会折腾。"我感叹。

"他是不甘于受命运的摆布,这样的人,将来要么飞黄腾

达,要么会混得什么也不是。"马悦平时很喜欢看历史书,常常喜欢和我们论古道今,这也是我爱他的原因之一。

"郑炜其实人不坏,就是喜欢投机取巧。希望他吉人自有天相,心想事成才好。"这就是许见善良的地方,尽管郑炜对他并不厚道,但他始终不计前嫌。

"对了,夏雨辰,你不是也写过小说吗?你不妨也写一下我们大四的生活,绝对的夺人眼球。"舒越给我出主意。

"是啊,你那两本小说可好看了,你再写,把我们也写进去,没准我们能跟着你的小说流芳百世。"许见调侃我。

"哪有那么容易,不过我确实想写,把我们这代人的精神风貌写出来。"

写小说对我来说就如写日记,能把心里的感悟写出来跟别人一起分享对我来说就已经很高兴了。

"不想当将军的不是好士兵,不想得诺贝尔奖的不是好作家,来,加油!"舒越起哄。

"夏雨辰,那你以后会当职业作家吗?"许见问。

"应该不会吧,当职业作家需要很大的才华呢,要先养活自己啊!"我说。

"那以后让你老公养活你不就行了,马悦,是不是?"许见就会瞎起哄。

"我没问题,养活老婆是男人的天责嘛!"马悦倒回答得大方。

"那怎么行,我怎么能让别人养我呢,再说了,当作家需要生活,需要人生体验,所以干一份工作也是很需要的啦!对不对?"我问舒越。

"我觉得女人要有钱,女人的事业就是家庭,有没有正式的工作没什么要紧。"舒越在女性的自立方面和我有着不同的认识。

"那你加油!加油!加油!"大家起哄,热闹得差点房顶也被掀翻了。

回到卧室的那一刻,我在电脑上写下了我新小说的书名《致大四》,我希望能通过小说真实地反映我们大四学生的生存状态和思想情操。

希望这一年的奇迹也能给我的人生增加色彩。

十六

  通讯的发达让地球真的变成了一个村落,远在地球的另一段发生的事,瞬间就通过互联网在中国家喻户晓。

  从十月四日开始,远在万里之外的美国大选就引起了中国媒体的广泛关注,因为美国总统候选人的竞选纲领深切地影响着世界局势发展的大方向,各大媒体更是以前所未有的热情进行了一系列的跟踪和报道。这次美国总统将在民主党候选人奥巴马和共和党候选人罗姆妮之间产生。

  奥巴马于 2011 年 4 月 4 日就宣布要参加连任竞选,2008 年,正值 9·11 事件十周年之际,美国社会民心思变。全球性经济危机使人们纷纷恐慌的认为历史的大转折已提前到来,奥巴马如同天赐一般地出现在美国民众的视野之中。奥巴马以

"是的，我们能"的竞选口号深深地打动了美国年轻选民的心灵。奥巴马的上台在很大程度上得益于他本人多文化地域的优质教育背景，外国成长而非美国本土黑人的心理成长历程，其个人学习工作生涯不断地追寻他父辈的梦想并得以如愿的过程。四年过去了，美国人民切实体会到了奥巴马总统的执政理念和风格。

奥巴马的连任之路并非一帆风顺，奥巴马一直苦于没有大企业大财团的赞助与扶持，他是美国历届总统之中最为平民化的总统，在美国新近声名鹊起以草根阶层为主的茶党的鼓吹个人成长与发挥胜于国家的强势呼吁中，民心思变的美国民众现在开始了新的思考与选择——奥巴马会是合适并且称职的引领我们走出经济低迷及获得国际声誉的总统吗？很显然，奥巴马具有其他总统候选人所不具备的行政、司法支援；美国大财团会一如既往的赞助共和党还是会被奥巴马竞选团队公关成功？在他当政这几年时时流露出这种亚洲文化圈所特有的人际关系无条件互相尊重的魅力，这会将他的对手拉入一个无底的文化陷阱之中吗？美国政治是一个圈子政治，只有具备一定从政经验方可以在面对选举人团质疑时游刃有余，奥巴马的说辞能一如既往地发挥异域文化背景的领导人魅力吗？

对于美国的竞选，马悦如数家珍，每次辩论都不放过。他是奥巴马的铁杆粉丝，因为他已随父母加入了美国籍，所以他有投票资格。但是投票应该在他居住的美国当地，为此，马悦决定去美国投奥巴马一票,他说奥巴马上台对中国局势和世界局势都是有好处的,他已在网上注册获得了选民资格。作为选民,他必须得投上自己庄严的一票。

可是按马悦目前的身体状态,想自己上飞机都很困难,怎么办呢?

许见劝马悦放弃这次投票,理由是身体不好,还要自己倒贴机票去投票,得不偿失。可马悦觉得这是自己的权利,不能轻言放弃的。

马悦是如此珍视自己作为选民的权利,这让我十分的震撼。

于是我也作出了一个重大的决定,陪他去美国参加投票。

由于我已持有美国一年多次往返的签证,所以这段时间随时可以去美国。

说干就干,我们在网上订了机票,我还带足了他要吃的药,行前我又带他去周浦看望了方中医,他们夫妇用针灸让他暂时缓解了伤痛。这样,他就能拄着拐杖上飞机了。

有幸的是,飞机上还有几个空位,于是我跟邻座商量,请他们改坐其他空位,这样马悦就能躺下来了。

马悦的家住在纽约的上城,我们是在大选前的十天到达纽约的,走出机场的那一刻,来接机的马悦父母见到他受伤的样子很是吃惊。我们简单地向他们作了解释,他的父母表示要带他去看美国最好的医生。

纽约的空中交通十分的发达,是美国唯一一个拥有三个大飞机场的城市。通过这些机场,旅客可飞往全国和世界各地。每年通过纽约市机场飞往各地的旅客超过7500万,我们的飞机降落在位于新泽西的纽瓦克机场,机场很大,但不像浦东国际机场那么气派。马悦的爸爸妈妈带着我们走出机场,来到出租车的扬招点,我们坐上了一辆出租车,出租车十分的宽敞,但价格也贵,从机场到马悦爸妈的家,居然要六十多美元。马悦的爸妈告诉我,纽约的出租车不仅贵,而且如果你中途停车稍带个人,或让某人下个车,都要另外收费的,而且费用不低。

和马悦认识那么多年了,我是第一次见到马悦的父母,他们均在哥伦比亚大学任教,他爸爸是国际政治系教授,他妈妈是心理系教授。他们早就从马悦的介绍和视频上对我有所了解,这是一对看上去十分和蔼可亲的中年知识分子,年龄和我父母差不多,但也许是长年身处异乡比较辛苦的关系,所以看上去比我爸妈要年长些。和许多美国人一样,他们没有买房子,而是在哥大附近租房子住,因为是哥大的教授,学校补贴他们一半的房租。马悦的父母没有买车,因为纽约的停车费也不便宜,停一两个小时也要8、9美元。纽约有四通八达的地铁,所以他们出行一般坐地铁就很方便。

马悦爸妈的家位于第六大道和第110街的交汇处,是一栋八层楼的公寓大楼,马悦的爸妈租住的是一套三房一厅的套房,一间卧室,两间书房,他们两人分别占据了一间书房。为了迎接我们的到来,他们分别在两个书房里放了一个折叠沙发,好让我和马悦住下。现在发现马悦受伤了，就临时决定让马悦和爸爸睡主卧室的大床，我和马悦的妈妈睡书房。

回到家里，马悦的爸妈就预约了纽约最好的医院西奈山医院，西奈山医院始建于1852年，是美国历史最悠久和最大的教学医院之一。医院以其在临床治疗、教学和科研方面的杰出成绩而闻名于世。预约的时间是在一周以后。在美国，没有挂号间。哪怕你看个感冒都要电话预约，这样做的好处是不至于医院里人山人海，看个病要早早的排队去挂号，常常要在医院等上大半天的时间。预约看病，还让医生能控制看病的人数，以保证质量。

第二天一大早，马悦在家里陪爸爸妈妈聊天，我就只身一人去参观了耶鲁大学，我在耶鲁交流的同学的学习就要结束了，在结束前我想去见一下辅导老师史密斯，他是一位从中国江苏去的老师，现在耶鲁大学就职。马悦的爸爸妈妈要陪我一起去耶鲁，被我婉拒了。因为马悦不宜多动，他的爸爸妈妈待在家里陪他可以享受天伦之乐。我的爸爸妈妈长期在法国，我早就习惯了一个人独来独往。出发以前，我去GOOGLE上搜查了去耶鲁大学的路径，我可以乘长途大巴去。

耶鲁位于美国康涅狄格州的纽黑文市，是一所历史悠久的大学，在美国排行第三。1701年由英国富商耶鲁捐款建立这所新校，故该校以他的名字命名。学校初期的课程设置注重古典学科，坚持正统的宗教观点。1828年，美国举国上下提出大学课程设置应着重实用学科,而不是古典学科,耶鲁大学校长 J. 戴就此发表《耶鲁报告》,为传统课程进行辩护,这个报告直到南北战争后仍有影响,减缓了美国各大学引进实用文理课程的进程。1908 年,耶鲁大学开始不再要求学生必修古希腊语。在当时校长 A. 哈德利的影响下,开始注重专业训练。

耶鲁大学的图书馆有藏书 600 万册,是美国最大的图书馆之一。大学美术馆也是美国大学中最早设立的美术馆之一。耶鲁大学的皮波第自然历史博物馆收藏有古生物、考古和人类文化方面的重要文物。1969 年以前,耶鲁只招收男生,此后才男女同校。耶鲁大学招生严格,其学术水准和社会声望在全国高等学府中名列前茅。

耶鲁大学还被称为美国总统的摇篮,拥有众多杰出的校友:美国最近两任总统都是耶鲁大学校友,乔治·布什是耶鲁大学著名的秘密团体"骷髅和骨头"的一员。克林顿与他的夫人希拉里就是在耶鲁大学的图书馆里认识的。

在纽约 42 街的 Port Authority Terminal 坐 Greyhound 巴士到纽黑文,下车后步行二十分钟就到了耶鲁大学。一走进耶鲁大学,我就惊呆了,漂亮的歌特式建筑和乔治王朝式的建筑与现代化的建筑交相辉映,把整个校园点缀得十分的古典和秀丽。

由于事先我已跟史密斯发了电邮,我们约好在耶鲁大学的斯特林图书馆见面。我到达耶鲁大学时才是上午七点钟,比约定时间早两小时到了耶鲁大学,就去图书馆和教室看了一下,我发现图书馆、教室里已有很多学生在学习，图书馆的长沙发上，甚至有和衣睡着的学生。一位学生告诉我，这里的学习非常紧张，学生们常常复习晚了就直接睡在图书馆里了。

九点，当我来到斯特林图书馆时，史密斯已在门口迎候我了，他已经知道我为何放弃了耶鲁大学的交流，对我进行了高度的表扬，说我是个有情有义的好姑娘。我们在图书馆外的长椅上聊了一个多小时，他全面地了解了我的学业和志向，并向我介绍了耶鲁大学的教学情况，他告诉我在耶鲁大学，每位学生的学习任务都很紧张。他说，在中国，从小学到高中的学习非常紧张，听说现在小学生每天的作业都要做到十一二点，所有的努力只为了一个目标，那就是高考。而在美国，中小学的学习并不特别紧张，他们的学习的强度是从小到大逐渐提高的，他们在这个过程中让学生获得智慧和创造力，而不只是为了获得知识。在美国，当学生进入大学学习以后，学习压力就比中国学生大了许多，中国学生是严进宽出，很多学生考进大学后，就放松了下来，开始混文凭。而美国的大学实行的是宽进严出，像耶鲁、哈佛这样的名校每年都有20%的淘汰率，学校注重的是精英教育，培养的是学生的创造力和社会责任感。这里的学生每次上课前都要阅读大量的课外参考书，这样上课时才能和教授及同学进行交流，而每次课堂发言都是要被记录平时成绩的，这些成绩要占总学分的百分之五十。这对学生是一种压力，同时也是一种动力。学生经过这样的魔鬼式学习，既学到了知识,又锻炼了意志。这为将来走上社会承担社会责任打下了坚实的基础。

这一切的一切都给我带来了无穷的兴趣和向往。

他鼓励我大学毕业后来美国深造,并表示愿意当我的推荐人,我当即对他谢了又谢!

史密斯还跟我说,如果我有时间,他可以安排我旁听一些课程,以增加对耶鲁大学的了解。我受宠若惊,万分感谢他的好意,于是他把我带到一个大教室,告诉我这里再过十分钟,就有一堂由著名社会学家伊万·塞勒尼教授上的社会学课,我可以听一下。这个教室的椅子呈半圆形排开,教授可以和任何一个角度的学生方便地进行交流。教室的前方,有六块大型的黑板,可以用遥控自如地上下交换。

我高兴地在角落里坐下,期待着能一睹伊万·塞勒尼教授的风采。

史密斯教授告诉我,伊万·塞勒尼教授同时也是美国艺术与科学院院士、匈牙利科学院院士。他致力于对国家社会主义和后共产主义社会的社会经济变迁进行研究,是这个领域当之无愧的开拓者和领军者。他在不同历史时段完成的"社会变迁三部曲"——《通往阶级权力之路的知识分子》《社会主义企业家》和《无须资本家打造资本主义》已为我们了解国家社会主义在东欧的变迁提供了一幅波澜壮阔、跌宕起伏的画卷。他还重点追踪中东欧国家的社会不平等和社会福利领域内的"二次转型。"

右侧的大门被推开了,一位看上去有六十开外,一头银白色头发,穿西装打领带的老教授走了进来,史密斯告诉我他就是伊万·塞勒尼教授。

上课开始了,伊万·塞勒尼教授概述了自现代开端到二十世纪二十年代的主要社会理论。着重和大家讨论了当时的社会背景及知识语境、概念的构架和方法及其对当时社会分析的贡献。这些著述的作者包括霍布斯、洛克、卢梭、孟德斯鸠、亚当·斯密、马克思、韦伯和涂尔干。

伊万·塞勒尼教授今天讲授的课程是:全球金融危机与社会主义社会的市场改革。

课程是采用互动式的,看得出来,学生们来上这堂课之前,确实是看了许多参考书的,准备了很多的提问。伊万·塞勒尼教授不断地引导着学生们向学科的纵深探索。学生们无一例外地兴味盎然,积极回答问题,两个小时的课一会儿就结束了。

课程结束后,伊万·塞勒尼教授给学生列一张书单,让学生课下好好阅读书单里提到的作品。这张书单,列着一系列连耶鲁学生都会想不到的作品。从他的这点做法来看我们中国的大学教育,我们会感到非常明显的差别。耶鲁大学提供的是真正的知识,中国大学的一些老师很少给学生开书单,有的只是他们自己或者朋友出版的书籍。

中国学生有一个别的国家学生比不来的素质,就是勤奋。

学,然后知不足;不足,然后知学。

伊万·塞勒尼教授离开教室前,史密斯教授向伊万·塞勒尼教授介绍了我,我告诉他,尽管我学的是金融专业,但我对社会学同样很感兴趣,因为这两门学科不是互相孤立的。

伊万·塞勒尼教授对我的见解很感兴趣,离开教室,正是午餐时刻,史密斯教授请伊万·塞勒尼教授一起共进午餐,伊万·塞勒尼教授同意了。

午餐是在学校的学生食堂进行的,很简单的菜,三明治、牛肉和一些蔬菜,营养又不浪费,吃得没有任何负担,我们边吃边聊,我表达了很多自己未来的打算和对学科的思考,两位教授很感兴趣地听着,不时地露出赞赏的笑容。伊万·塞勒尼教授也鼓励我大学毕业后来耶鲁深造,史密斯教授立即问他愿不愿意给我写推荐信,伊万·塞勒尼教授爽快地答应了。我高兴得几乎要说不出话来了,因为考美国的名校,是必须要有两位德高望重的教授写推荐信的,没想到我得来全不费功夫,一下子就解决了。

为了感谢两位教授的爱才之心,我想为三个人的午餐买单,但伊万·塞勒尼教授坚持要付自己的账,史密斯教授则买了我和他的账单。

当天傍晚,我参加了这期交流同学的一个烧烤聚会,是史密斯教授特为我安排的,因为这些同学下周一就要回中国了,史密斯先生就借这次机会把大家聚到了一起,既是欢迎会,又是告别会。聚会是以冷餐会和烧烤为主,在学生宿舍的天台上。同学们依依不舍地畅谈着彼此的心得,纷纷表示要再来耶鲁大学留学。

聚会结束后,史密斯教授就把我送到纽黑文的长途汽车站,跟我告别时。他花白的头发在夜色中格外的醒目,仿佛在向我展示着一段他在美利坚的奋斗史。

我在站台上和他告别,相约再次相见!

回到马悦父母的家,我怀着兴奋的心情把在耶鲁大学的所见所闻告诉了他们,马悦的爸爸妈妈说:"在美国的高校,最重要的是要学到它的思想,有了先进的思想,才会有好的理念。"

"明白!"我若有所思地答应了,心里对马悦的爸爸妈妈充满了崇拜。

马悦的爸妈问我明后天有什么打算?他们愿意陪我去一些纽约著名的景点看看,比如自由女神像、帝国大厦等等。我问我是不是可以自己一个人去?因为我喜欢一个人拿着地图在一个陌生的城市里到处乱闯的经历,他们说尊重我的爱好,不过有些地区治安不好,让我不要去。还有,为了安全,天黑之前要赶回来。

我一一答应了。

其实,如果马悦不是因为有伤在身,我是很渴望他能陪我一起去玩的,我不想让他的爸爸妈妈陪,更多的是想让他们有机会多和马悦在一起,还他们天伦之乐!

十七

很早就看过美国著名的杂志《纽约客》,这是一本内容严肃的杂志,1925年创刊,每周一期,刊登新闻、小说和评论。它精于透析文化动脉,在政治、文学、艺术各领域中充当思潮流行的先驱角色,其杰出之处是以长久的文学品格与知识分子气质的坚持换取全球大多数欣赏者的崇敬之心。

近八十年来,《纽约客》上的文章是以风趣、成熟见长的。它的办刊宗旨也是所有美国杂志里最家喻户晓的。

《纽约客》已经发展成为纽约社会的一个必要部分。想进入大都会社会圈子,你就必须读一读《纽约客》。《纽约客》中的故事和评论为人们的聊天设定纲要。《纽约客》写什么,人们谈论什么。由于电影和戏剧是城市文化的重要部分,《纽约客》使之成为杂志的重要部分。

《纽约客》不是完全的新闻杂志,然而它对美国和国际政治、社会重大事件的深度报道是其特色之一。杂志保持多年的栏目"城中话题"(The Talk of the Town)专门发表描绘纽约日常生活事件的短文章,文笔简练幽默。每期杂志都会点缀有《纽约客》独特风格的单格漫画,让人忍俊不禁。尽管《纽约客》上不少的内容是关于纽约当地文化生活的评论和报道,但由于其高质量的写作队伍和严谨的编辑作风,《纽约客》在纽约以外也拥有众多的读者。

因为这本杂志,我早早地就爱上了纽约,从耶鲁大学回来的第二天吃完早餐后,我带上纽约市的地图就出发了。我要去一一地见证我心中的纽约。

从地图上看,第十街以北的纽约街道好似棋格,南北向的路是以一到十的数字命名大道,东西向的路是以第9街开始向北直到150多条街,第9街往南是下城,那里的路名不是用数字来表示的,路也不是笔直的,很弯曲。

我首先从哥大坐地铁前往久负盛名的华尔街,我是学金融专业的,逛华尔街必然是首选之地。

纽约的地铁之陈旧超出了我的想象,跟超现代的上海地铁站简直有着天壤之别,老掉牙的机车,灰溜溜的地铁通道,毫不起眼的地铁出入口,无不在表达着它悠久的历史。

纽约地铁线路在世界诸多大都市中堪称最长,共有26条地铁线，总长 1142 公里，由市中心曼哈顿发散覆盖了纽约 5 个行政区的绝大部分区域。490 个地铁站散布全市，24 小时运行。在曼哈顿，在小于 500 米半径的范围内必有一个地铁站或火车站。

华尔街位于纽约的最南端，长不超过一英里，宽仅 11 米。从百老汇路延伸到东河，华尔街的街道狭窄而短，从百老汇到东河仅有 7 个街段。华尔街设有纽约证券交易所、美国证券交易所、投资银行、政府和市办的证券交易商、信托公司、联邦储备银行、各公用事业和保险公司的总部以及棉花、咖啡、糖、可可等商品交易所。华尔街是金融和投资高度集中的象征。对于全球金融业者与投资人而言，有很长一段时间，华尔街就是资本市场的圣殿，它直入云霄，高不可攀。而华尔街的金融巨擘们就像是奥林帕斯山的希腊诸神，超凡入圣。

走近华尔街，发现华尔街两旁摩天大楼竖立，街道如同峡谷，抬头只能望见一线天。数不清的大银行、信托公司、保险公司和交易所都在这里驻足。马悦的爸爸告诉我，每天成千上万的白领涌到这里上班。而住在郊区的金融巨头们，则不必受挤车堵车之苦。他们上下班乘飞机，直升机场就设在华尔街东端不远的东河畔。

我从百老汇街沿着华尔街走到东河，就看到了此起彼伏的直升机不停地降落和升起。

华尔街是个寸土寸金的地方，每一座建筑都充分利用有限的空间来争取最大的收益。由于建筑的间距非常小，走在街上有种喘不过气来的压抑感。这种氛围不禁使人联想到这里的股市每天上演的激烈博弈。马悦的爸妈还告诉我，在纽约从事金融业的职员中，曾有10万人在华尔街工作。因此，每天的上下班时间，整条街都拥堵不堪。华尔街的快节奏生活使这里的人们步履匆匆，无暇顾及身边的人和事。不过由于这里是白领和顶级富豪的聚集地，人们的衣着都非常的时髦光鲜，只要看到他们的穿戴，就能捕捉到这个季节的流行脉搏了。

　　华尔街上的人似乎都是游客，从他们的着装和神态就看得出来。路边的橱窗并没有写着高盛、摩根士丹利或美林等如雷贯耳的名字，反而贴着咖啡馆和健身俱乐部的广告。除了德意志银行，这里没有任何一家投资银行的名字，更不用说共同基金或对冲基金了。早在二十年前，许多金融机构就已经离开这里，搬迁到交通方便、视野开阔的曼哈顿中城区去了。华尔街附近挤满了古旧建筑和历史文化街区，道路也像蜘蛛网一样难以辨认，实在不太符合金融机构扩张业务的需求。"9·11"事件更是从根本上改变了华尔街周围的格局，有些机构干脆离开了纽约这座危险的城市，搬到了清静安全的新泽西。现在，除了纽约联邦储备银行之外，没有任何一家银行或基金把总部设在华尔街。在著名的"华尔街巨人"中，只有高盛和美林还坚守在离华尔街不远的地方，其他巨人都已经搬迁到洛克菲勒中心、时代广场或大中央火车站周围的繁华商业区；即使是高盛和美林，也已经在曼哈顿中城区购置了新的豪华办公室，不久就要彻底离开旧"华尔街"了。总而言之，现在的华尔街只是一个旅游胜地，经常有成群结队的外国人带着敬畏的表情到此一游，希望看看"全世界的金融中心"是什么样子；然而大家看到的只是一个荒废的商业区，几栋陈旧的摩天大楼，以及许多露天茶座或咖啡馆。

在靠近华尔街的百老汇大街上，有一座身长5米、体重6300公斤的铜牛塑像，这是华尔街的标志，设计者迪莫迪卡最早为它挑选的立足点是纽约证券交易所门前的人行道。当时，为了保证铜牛的安全，警察每晚8时在铜牛周围巡逻察看。当人们第一次看到这个身体健硕、鼻孔发光的庞然大物时，都被它浑身透着的"牛"气震住。不过，铜牛还是被搬到与华尔街斜交的百老汇大街上安了家。如今，它已成为"力量和勇气"的象征，似乎只要铜牛在，股市就能永保"牛"市。

离开百老汇大街上的铜牛，我径直向西走到了西河码头，这里排队坐船去看自由女神像的人已挤满了码头，为了省时间，我改为去不远处乘坐开往Staten岛的渡轮，我从网上了解到，这艘船不仅免费，而且可以远观自由女神像。

渡轮很大，大得像泰坦尼克号，整整四层楼，有方便特殊客人的电梯，从船头到船尾几乎望不到尽头。船上有小卖部，有快餐厅，有干净的厕所。当轮船经过自由女神像的时候，很多人都举起了像机，不停地拍摄，显然，坐这条船来看自由女神像的人不止我这一个。渡轮大约开了半小时就到达 Staten 岛了,为了抓紧时间我上岸后没有离开码头,而是在候船室里等候回去的渡船。

候船室里,已集聚了许多乘客,一位穿着防水服的清洁工人正在一个硕大的鱼缸中清洁鱼缸,这真是一道很有趣的风景,他身体灵敏,把清洁工作做得一丝不苟。

几分钟后,这位清洁工人爬出了鱼缸,当他摘下面具和防水服,我发现这是一位长得非常英俊的小伙子。我不由地跟他攀谈起来,从谈话我得知他是纽约大学四年级的学生,他经常利用课余时间出来打工赚学费。他告诉我,他叫吉西,美国大学学费贵得离谱,自己家庭虽然也算中产阶级,但受经济危机影响,父母只能给他支付学费的一小部分,其余的要靠助学贷款和他课外打工来贴补。他还告诉我,美国大学生兼职工资通常按照小时计算,1 小时最多十几美元。单凭假期和平时打工根本无法挣够学费,因此他不得不选择少上课多打工,最终只能推迟毕业,有些同学甚至选择了辍学。

当他知道我来自中国上海,就很兴奋地说他的爷爷早年也在上海生活过,他说等他赚够了学费,也要去中国,去上海寻找爷爷生活过的地方。

我很高兴地表示欢迎,并且交换了微信地址。

告别吉西,我又回到了渡船上,这条船又免费把我带回到了曼哈顿岛。于是我顺着著名的百老汇大街,向中城走去。接下来的时间,我几乎玩遍了纽约著名的景点:帝国大厦、联合国会址、第五大道、中央公园、时代广场。当我拖着疲惫的身体回到马悦的家中,向他们汇报了我一天的行程,着实受到了他们大大的夸奖:太了不起了,太厉害了!

在纽约的日子真是开心。还有三天就是万圣节了,马悦的爸爸妈妈说一定要让我感受一下美国的万圣节。

多么值得期待啊!

只可惜天有不测风云,二天后,纽约就遭到了百年不遇的飓风"桑迪",纽约市长早早地就号召市民待在家里不要出门,我们自然不敢例外。只好争分夺秒地去超市买了面包、蔬菜、蜡烛等食品和日用品,以安全地度过灾难的天气。

"桑迪"是在美国东部时间29日晚上8点从新泽西州海岸登陆的,一直持续了几十个小时,整个纽约就像处于灾难片之中,地铁和街道被水淹没,皇后区的变电站着火,下城区一户居民的房子被刮走了一堵外墙。我们这里也很快就陷入断电断水的困境之中,一片世界末日的景象。大自然威力巨大,一瞬间就把纽约撕得支离破碎。

我们躲在家里哪也不敢去,每时每刻都在做着最坏的准备。马悦的妈妈准备了一个救生袋和长长的麻绳,把贵重物品放入了救生袋。麻绳是以备电梯失灵、安全楼梯被停时用以逃生的。

整整五天,没有电,没有水,我们就点蜡烛,不洗脸,不洗澡,也没法化妆,大家本色相对,不停地说话聊天,恶劣的环境让我们亲密无间。马悦的父母甚至满心欢喜地问我们何时结婚，我告诉他们，我大学毕业后还想来美国攻读硕士，结婚的事要等硕士毕业后再说。马悦的父母不愧是知识分子，当即表示了理解和支持。

于是我想，偶尔的绝境也并非全是坏事，至少这次飓风"桑迪"让我们有机会大尺度地敞开心扉，彼此增进了亲情和友情。

马悦预约医生的时间到了，街上的水还没有退去，但是风小了许多。我们叫了出租车把他送到医院，结果医院搬到安全的地方去了，于是我们又赶到医院的临时工作的地方，医生对我们在这样的天气下坚持看病表示感动，于是给马悦做了全面的检查，并配以手术和康复治疗的方案。

恶劣的天气也给正在竞选的奥巴马带来了政治上的运气。

面对飓风，奥巴马表现出了非凡的勇气和政治智慧。飓风当天，奥巴马就与新泽西州州长克里斯蒂一道，乘坐直升机查看新泽西沿岸的受灾情况，随后又前往大西洋城附近的小镇布里根泰恩，看望在当地避难所避难的灾民。他向灾民承诺，联邦援助将源源不断地送到。

他的亲民行动无疑将为他赢得更多的选票。

美国时间十一月六日，纽约的天气已十分的寒冷，排队投票的选民早早地就排起了长队，刚刚做完康复理疗不久的马悦在父母和我的陪伴下，坐轮椅在寒风中等了七个小时，最后在临时帐篷里为奥巴马投下了庄严的一票。

几个小时后，马悦如愿以偿地得到了奥巴马获得连任的消息，他想，也许正是他的那一票，让奥巴马在纽约获得了选举人票，进而让奥巴马抢先一步冲破了半数选举人票。

尽管他的这一票显得无足轻重，但这是马悦生命中的第一次投票，给他带来了前所未有的使命感。

在美国待了十天，我决定先启程回到上海，马悦要在美国再多待些时间接受进一步的理疗。因为我还有很多学业方面的事情有待完成。临行的前一天，因桑迪飓风而中断的电和自来水都已接通，经历了风雨的纽约将迎来重建家园的日子。

马悦的投票梦完成了，他更在乎的，是自己成人后行使的这次民主的权利。

十八

  每年的光棍节,对很多单身的公民来说都是很敏感的日子,今年因为有了郭晶晶的婚事,变得格外的引人注目。

  回到上海的那天,正好是双十一,去年的一部《失恋33天》让光棍节着实抒情了一把。今年的双十一节将会更热闹了,从十月份开始,郭晶晶要嫁霍启刚的宣传就在网上被炒得如火如荼,郭晶晶拍婚纱照,还不是只拍一次,没完没了地拍了N次;郭晶晶马拉松式的婚礼分三场进行,8日在霍家位于沙宣道的大宅的花园,在过百亲友的见证下,签字注册结婚,以吴敏霞为首的七位跳水公主当上了郭晶晶的伴娘。霍家为保隐私,将围布加高,传媒为拍得世纪婚礼的珍贵场面,纷纷租用日租金4000元的吊臂车停满大宅外,记者升上四、五层楼高进行拍摄,加上云集地面的近百名记者,场面相当的震撼。

第二场婚礼是在霍英东家乡南沙大酒店举行,婚礼宴请了当地的亲友及绅商高官,就连科威特亲王艾哈迈德亲王也亲临现场。原来不闻一名的南沙饭店一下子进入了公众的视野。

这真是霍家的一个高超无比的公关手段!

第三场筵席就是放在双十一的光棍节在香港会展中心举行,有150桌的"面子派对"。每席餐价连酒水约5万元,各尊贵宾客则准备了五位数的人情到贺。排位亦相当伤脑筋,越贴近主家席越尊贵,跟谁同台需论资排辈外,还要清楚各人关系,不可安排冤家同桌。豪门夜宴,学问多得很。

就在晶刚花巨资大办宴席的光棍节那天,我、马悦、舒越、麦可,还有许见和成铭在一起过了一个热闹的光棍节,成铭是我打电话邀请来的,在我内心里,很想让她与许见有更多的交流。我们准备了大量的食材,一起吃火锅,一直吃到午夜十二点。

网上商店开始疯狂地打折,"我们狂购吧!"舒越甩开了还热火朝天的火锅,把兴趣转到网购上去了。她给麦可和自己买了无数有用的和一辈子也不会用的衣服及日用品,付款的时候,正过十二点,网页一下子就爆翻了,舒越买到超值,大喊过瘾。

其实舒越是官二代,她才不在乎这些钱呢,她要的是这份热闹和这份疯狂。

第二天有新闻报道,光棍节网上商店的销售额达到了191

亿，不知道那些淘宝的人是不是都买疯了。反正我发现舒越拿到快递送来的衣服时，热情已经退了。那些快递员辛辛苦苦送上门的货，被舒越撂在一边，一个星期都没有拆包。

几天后，关于霍家要开发南沙岛的新闻炒得铺天盖地，可见霍家是借儿子的婚礼炒作南沙的那块地，婚礼的商业价值得到了无限的放大。

郭晶晶盛大的婚礼也给了无数平凡的女孩以极大的鼓舞，她一没有背景，二不靠干爸，就靠着刻苦的训练，三次登上了奥运冠军的宝座，从而揭开了华丽人生的序幕。

舒越是晶刚婚礼忠实的观众，她不停地将网上看到的"八卦"信息告诉我们，把它当成茶余饭后的谈资。当许见取笑她不如也学郭晶晶争取嫁入豪门时，舒越狠狠地打了他一拳了。不过当郭晶晶取消了保定的婚礼后，舒越一夜之间变得深刻了："不过，像郭晶晶这样自己都已经上亿身价了，也没必要非得嫁入豪门对不对？"

"是啊，不是豪门也能幸福的。"麦可说。

"哦？"舒越好奇地问。

"首先，结婚是我们俩的事，我不会允许家人把生意和婚礼放在一起的。"麦可说。

"支持！"舒越开心地举起了大拇指，然后把一件网购来的刚开包的毛衣往麦可身上一套，哈哈大笑。

就这样，我们跟着电视度过了一个堪称完美的婚礼。

十九

对于大四学生来说,光棍节怎么地都只是一些花絮,求职才是人生的重头戏之一。

光棍节后不久,复旦大学邀请了各大企业来学校设摊招聘,这天到场的有三十多家企业,据说带来了两百多个职位,我、许见、舒越、麦可都决定去看一看,我们一致觉得这是一个很好的锻炼机会。

当我们一大早到达设在李达三楼的应聘会场时,整个楼面已被挤得水泄不通,平日里高傲的大学生无一不经过精心的打扮,等待那些 HR 的面试。

第一个教室的 PPT 投影上,是一家公司的介绍:

赛诺菲集团招聘 复旦大学专场宣讲会

赛诺菲是全球领先的多元化医药健康企业,在健康药业、疫苗、心血管/血栓、糖尿病、肿瘤、内科和中枢神经系统等众多关键的领域拥有领先产品。

1. 110 000 名员工,业务遍及 100 个国家
2. 新兴市场,实力强劲
3. 领先人用疫苗领域
4. 领先动物保健市场

我对这些内容毫无感觉,跳过。

第二个教室的 PPT 上写着:

世融国际信托 2013 校园招聘

职位简介:世融国际信托 2013 年校园招聘信息选择源于信赖,信托创享未来关于中融世融国际信托有限公司是经中国银监会批准设立的金融机构,成立于 1987 年。20 多年来,中融信托始终致力于提升综合资产管理能力,在货币市场、资本市场、金融衍生产品、房地产投资、风险投资等领域积累了丰富经验。近年银信合作……

我想去的就是这家公司,于是我走了进去。

早在上个星期,我就递了应聘材料。我和其他五位学生一

组一起面试，面试我们的两位面试官，一位很胖一位很瘦。首先是必不可少的自我介绍，第一位是管理系的一女生，她语气沉稳平和、表达生动形象，看得出应聘经验非常的丰富，让我感觉有她在，我很快就会被秒杀。我是最后一个做自我介绍的，我介绍的时候发现那两位HR一个劲地做着记录，而其他人介绍的时候他们都没怎么动笔！

然后进入提问回答阶段，同样的问题被问了无数遍，无外乎"你为什么要来应聘我们的公司？""你觉得自己的竞争力在哪里？""如果你没有被录用你会怎么办？"第一位就说如果没被录用，也许是自己能力和条件不足，会多多努力之类的，答得非常平庸。当HR问我时，我就说找工作就像找男朋友，不光是你们选我，我也可以选你们，如果没有被录用，那我不会气馁，会继续寻找适合我的。这答案听起来大气多了。

HR听了忙不迭地点头记录。

HR又问我觉得自己的优势在哪？

我答："热情、激情、坚持！"

HR又问我如果我被录取了，我会怎么做？

我答："摸着石子过河！先了解情况再说。"

HR当即就笑了："你那么年轻，哪来的这份从容？"

我笑："来自自信。"

HR不停地点头："今天就面到这儿，你等我们的通知吧！"

"耶，我成功了！"我高兴地走出了房间。

这一天，我一共面试了五家公司，感觉好像跑了一场马拉松似的筋疲力尽。

回到家，正在和马悦SKYPE视频，舒越和许见回来了，于是我们一起和马悦视频。

舒越打算去四大干两年，舒越说的四大是指四大会计师事务所，即指世界上著名的普华永道（PWC）、德勤（DTT）、毕马威（KPMG）和安永（EY）。

许见想去银行干段时间。

"如果录取了，你会去那家公司上班吗？"舒越问我。

"如果我留学的申请成功了，我就不会和那家公司签合同的，我去应聘更多的是想锻炼自己。"我说。

"明白，还是马悦的引力大。"舒越坏笑。

"我就知道夏雨辰放不下马悦。"许见也笑。

"不过我最后还是想回来的啦。"我确实不认为我会一辈子待在国外。

"也对，我工作一段时间也会去国外读MBA，然后再回来创业。"许见表示。

"嗯，你们都胸怀大志，可敬可佩。我就不想那么多，先找个工作干着，再做打算。"舒越永远是很随性，不要计划的那一种。

"对了，你实习的那家公司会给你职位吗？"我想起了许见正在实习。

"没定,这个公司想进来的人太多,好像每个人都有一个了不起的爸爸,蛮难的。"许见说。

"那个谁,郑炜呢,还来上班吗?"舒越问。

"过完了国庆长假就没见过他,准是上次那个'表妹'的事没搞定,现在还不知怎么倒霉呢。"许见说。

"我觉得郑炜这人是够倒霉的,干什么事都败露。"舒越感叹。

"这个倒霉蛋,让人想到了世界末日。"许见很同情地摆了摆手。

"你还别说,现在网上的世界末日炒得日火朝天,末日说成了最流行的话题,什么'12月21日黑暗降临后,地球将会有连续3天的黑夜,'很多地方的市民抢购蜡烛与火柴,搞得恐慌得很。"舒越说。

"是啊,网上的末日用品应有尽有,其实从社会心理的角度,每个人都需要一个末日想象:假如末日真的来临时,我们将与谁陪伴?人生最珍贵的又是什么?"在视频里分析得头头是道。

"深刻啊,马悦都快成为哲学家了。"

"不瞒你们说,我自从受伤以后,就有时间思考了,所以如果有谁想成为哲学家,最好的办法就是让他生病,或者把他推入绝境,还不让他轻易地站起来,九九八十一天,让他熬到无能为力,然后绝处逢生,得,一个哲学家就这么炼成了!"马悦做了一个太阳升起的动作。

"你看,马悦已经很有哲学家的范了,说出来的话那么深刻。"许见笑。

"岂止仅仅是范?马悦早就是哲学家了,刚进大学的时候雨辰带他来参加班上的活动,我就觉得他特别地出类拔萃,对了,那个时候我见到马悦还很有心动的感觉呢,可惜他已经和雨辰相亲相爱好几年了。"舒越像背台词一样地说得我们都很不好意思。

"早知道你钟情这一款,那我就装深沉算了。"许见搞笑地说。

"得,这四年来,你的眼睛里除了夏雨辰,哪还有其他女生,我看你比金岳霖还纠结呢。"舒越笑。

"舒越你别乱说,他喜欢的女生多着呢。"我怕马悦不高兴,赶紧制止舒越的大嘴巴。

"我又没乱说,地球人都知道许见喜欢夏雨辰,这有什么好躲躲闪闪的。"这个舒越,真会闹,恨不得把她赶出去。

马悦的脸色开始不自然了,他说他要去康复锻炼了,就关了视频。

许见打开电视看新闻,居然看到郑炜正在和一帮农民卖逃生球,那逃生球有一个好听的名字叫诺亚方舟,是一河北的农民自制的。

"诺亚方舟"里层为球形钢结构,中间是防水防火棉,外面

是涂刷了30层的纤维树脂，再刷上防腐漆，做到了防水、防火、防辐射、防冰寒。"诺亚方舟"的救生舱整体为球状，分里外两层，最大的一个净重4.2吨。大球外、内直径分别为4米、3.2米，内空间约17立方米。里面装备有发动机、储能电瓶，可储存一吨粮食、两吨饮用水。舱内设置标准救生座椅14个，配有安全带，如遇紧急情况最多可装30人。"如果在海上漂浮，14个人可以生活5个月。电视机前的观众们，你想成为地球最后的幸存者吗？赶快拨打电话011101110111……"郑炜显然是在做电视直销广告。

"这个郑炜，总是给我们惊讶，真不知道他下一刻给我们的惊讶是什么？"许见说。

12月20日那天，许见建议大家通宵玩音乐，"明天就是12月21日了，被炒作了几十年的世界末路就要到了，就是死也要快乐地死。"这是许见的生活格言。

我们无法拒绝。

于是我、许见、舒越、麦可一起排节目，一首又一首歌，直到天空发白，为了能和马悦共同见证即将有可能出现的末日，我们一直开着视频，通过网络表达彼此的关怀。这个时候我们充分体会到了地球村这个概念，不论是在东半球的中国，还是在西半球的美国，一旦地球出现问题，都得一起完蛋。

十二点以后，地球没有丝毫的异样，我们继续排练，又过了七个小时，一轮太阳照样升起。我们知道，所谓的世界末日只不过是个传说!

地球照样安安分分地公转着,丝毫未理睬世界末日说的影响,一切都美好如初。

就在这一天的早晨,我收到了世融国际信托公司的录取通知。

但是我决定放弃签约,因为我还是希望能出国留学打开眼界。

二十

圣诞节就要到了,崇尚西方文化的学子们照例是不肯放过这么一个被国人演绎成狂欢日的节日的。

麦可建议我们去参加社团的一些义演,我们一致同意。于是他联络了上海的国际学生联谊会,去他们的圣诞 PARTY 上表演。

我们举双手乐意。

许见是最人来疯的,兴奋得犹如要去百老汇演出似的。首先我们要定曲目,圣诞节嘛,总是要表演一些欢乐的节目,我建议表演马悦创作的《今夜我们无法入眠》,许见建议:"跳江南 Style 吧,这首神曲现在可红啦。"许见是《江南 Style》的超级粉丝,平时走着走着就变成了马步。

"好，我也喜欢《江南 Style》，对了，你们说《江南 Style》为什么会那么红？"麦可好奇地问。

"《江南 Style》的演唱者叫朴载相，是一个不折不扣的"富三代"，从小家境优越。而江南是韩国首尔一个富人聚居区，不少达官贵人都住在那里。《江南 Style》的意思就是"江南范儿"。所以在歌里，朴载相呼唤美丽性感的小妞：'嘿，哥们儿我是江南区的型男，看似稳重却很懂得玩乐的男子汉，思想比肌肉更加发达的男子汉……'，朴载相还在 MV 中和美女们一起跳起了非常有特色的骑马舞。第一个镜头初一看是有钱人在海滩晒太阳，镜头一转却是个吊丝在社区的沙地上无聊"摆谱"，所谓的马房是游乐场的旋转木马，与朴载相在夜总会共舞的美女其实是街上的大妈……左拥右抱只是一个吊丝的黄粱美梦。由此可见，这首歌其实是反讽韩国高富帅的炫富，也表现了韩国国内的贫富差距。"舒越如数家珍地说道，可见她也是一位《江南 Style》的粉丝。

"说得极是，这首歌之所以红遍全世界，就在于全世界的吊丝们都热衷于讽刺高富帅，《江南 Style》在美国的流行其实和占领华尔街是一样的。"我也支持舒越的论点："我们的社会中，其实绝大部分人的意识中都有希望达到的愿望。当看到一些人出丑的时候，就有想笑的冲动。人在出洋相的时候，是处于一种失败的境地，别人的失败，会使自己产生一种优越感和一种安全感，因为你的潜意识中会判定他对自己没有威胁，相应还会产生一种惺惺相惜的感觉。因为自己也可能出现过相同的情形，这种种感觉会使自己不自觉地认同他，接受他，对他的出丑会心一笑。所以，聪明的人要懂得适当地犯点小错误，表现出自己的不足，这样就能得到他人的一种认同。"

"神曲的好处是让我们看着欢乐，难得大笑一下放松放松缓解压力！"许见作总结性的发言。

"为什么我们就喜欢这样的神曲呢？根据阿多诺的流行音乐接受理论，面对文化工业产品，消费者所能采取的姿态只能是消极被动的接受，他们失去了任何抵抗的能力。"我也不甘只当听众："音乐人与听众的关系是一种施虐与受虐的关系，被流行音乐最初呼唤、然后喂养并不断强化的心灵结构，同时也是精神涣散与漫不经心之所，通过不需要凝神专注的娱乐，听众被这种现实要求搞得分心分神了。而在收听标准化与伪个性化的流行音乐中，人们一方面只认同熟悉的曲段而拒绝陌生的东西，一方面又养成了一种精神涣散与漫不经心的听赏习惯，如此这般地长期与流行音乐耳鬓厮磨，人们感受音乐的能力势必下降。就像经常看通俗读物的读者在真正的艺术作品面前已经无动于衷那样。"

"可以说，鸟叔的这首《江南Style》红翻全球，最功不可没的就是这款KUSO味十足的MV了。当体型宛如摔跤手般结实、一脸憨厚老实相的朴载相戴上墨镜，动感十足地做策马扬鞭状时，相信所有人都会觉得异常的憨态可掬。而穿着蕉黄蕉黄的礼服、开着血红血红的跑车耍帅的刘在石登场和朴载相共舞、卢洪哲在电梯里扭出来搞笑,更是增添了不少笑点。而泫雅的性感舞蹈,也给 MV 增添了不少荷尔蒙的气息,让原本搞笑的氛围,一下子成了夜店嗨曲。而歌曲本身强劲的迪斯科混搭嘻哈的曲风,以及朴载相那句浑厚中透着自信、自信中透着贱格、贱格中透着潇洒的'oppa 江南 Style',更会让每一个听过这首歌的人在脑中不断地回旋,搞得我们一整天脑袋里就剩下这么一句——'O～～oppa～～江南 Style!!!!'"可见许见也是做足了功课的,说完鸿篇大论后,他在电脑上播放了《江南 Style》,于是大家跟着一起跳了起来:

"不行,不行,这歌词太无厘头了。"我突然说:"我们是不是把歌词改一改,保持它的旋律,如何?"

"好,好,改一改,改。"许见积极响应:"要是马悦在就好了,他最擅长干这个了。"

"没关系,雨辰也可以改,雨辰也很有才呢!"舒越说。

"我们一起改吧。"我说。

于是我们大家你一句我一句,将《江南 style》改成了《西风中雨》版。

    oppa 江南 style 江南 style
    大四开始了每个人都忙得热火朝天
    女生们乔装淑女男生们扮成了绅士,

一听到找工作就闻风丧胆的同学们，

人人都在期盼着天上掉下一份好工作。

我是大四窈窕的女生

我是大四酷毙了的男生

每天跳舞都要跳到通宵的大四生。

又烦恼又 high 的大四生！

好辛苦好快乐！

就是你，就是他，

马上进入社会的大四生，

从现在开始，让我们一起跳舞。

oppa 江南 style 江南 style

oppa 江南 style 江南 style

oppa 江南 style Eh – 马上毕业的大四生。

我们边跳边改，渐渐地就有谱了，当我们跳得正 high 时，只听"嘶"一声，许见因为跳得过于夸张，裤子居然裂开了，露出了里面的内裤，许见"哇"地一声，捂住屁股就往楼上跑，大家笑作一团。

从这天开始，我们很快就忙了起来，每天残酷训练，直到把马步跳得有模有样。排练消耗了我们大量的时间，也让我们的幸福感倍增了许多。尤其是麦可，马悦不在，就由他任主唱。他又是忙着排练又是忙着给我们做夜宵，着实忙得不可开交。

这期间,中央电视台正在做一个调查,主持人拿着话筒到处采访:"你幸福吗"被采访的人覆盖各个阶层,从乞丐到名人,这个问话虽然很俗套,但娱乐效果却很好,一位乞丐被问到这个问题后,回答很是搞笑:

央视:"你幸福吗?"

乞丐:"我信佛。"

央视:"你为什么幸福?"

乞丐:"因为我妈信佛。"

央视:"为什么你妈幸福你也幸福?"

乞丐:"你你你,你管得着吗?"

主持人哑言。

轰轰烈烈的诺奖事件后,莫言一下子被推到了风口浪尖上,他也毫不例外地遭到了央视的麦克风和摄像机的袭击:"您幸福吗?"

镜头中的莫言诚惶诚恐地说:"我不知道。"

真是笑话,能写尽人间悲剧的莫言难道不知道自己幸福不幸福,只不过他很智慧,一直在告诫自己要低调低调再低调,内心的喜悦无法对着亿万观众得意忘形。

许见无不幽默地说:"央视怎么不来问舒越,她才是从里到外都幸福呢!"

"你说,我怎么就幸福了呢!"舒越问。

"你还不幸福啊?官二代什么都不缺,又有异国男友左右侍候，你这就是幸福啊!"许见笑。

"哪有那么简单的幸福，幸福要那么容易解释，那央视就不用那么辛苦地做这样的节目了。"舒越出人意料地变得深沉了。

"我倒是觉得幸福是一个系统的工程，是人生各方面的平衡。"我发言。

"我现在的幸福感是，我爸妈不要离婚。"舒越直截了当地说。

舒越的话正好验证了我刚才的话，人生不就是各方面的平衡吗？舒越各方面算是很幸运的了，可到了她爸妈感情这一块，还是输掉!

"你爸妈真的还是要离了？"马悦关心地问。

"你原来不是很潇洒的吗？怎么也纠结了？"许见想宽慰她。

"你别说了，看到我妈那么痛苦，我真后悔当初支持他们离婚。"舒越说。

"别这么说，你爸妈离婚是他们俩自己觉得过不下去了，跟你的支持不支持没有关系。"我提醒她。

"哎，什么道理我都懂，可如果我不支持，我妈可能还会拖一段时间，这段时间也许会让我妈明白其实她没有做好离婚的准备。"舒越还是钻牛角尖。

"你呀，往日的潇洒上哪去了？你妈肯定是觉得不幸福了才跟你爸离婚的，他们闹离婚又不是一天两天了，你妈要留恋那段婚姻还可以再跟你爸复婚啊，只要你爸还爱你妈。"我说。

"算了,我懒得管他们的事了,相信我妈还是会自己走出离婚的阴暗。"舒越决定向现实妥协。

"你妈一定会好起来的,你也一定会好起来的。"麦可也来安慰她。

"好吧,我相信你们,一切都会好起来的。"舒越终于勉强地笑了一笑,又恢复了她的潇洒劲。

接下来的日子,舒越忙不迭地为大家准备演出服,她花很少的钱从网上买来了五件黑色的背心,我在每件衣服的前后用颜体写上了"西风中雨"四个字,然后把自己的一条碎花真丝大披巾改成五条头饰,除了我们四人每人一套,也给马悦留着一套,马悦决定圣诞节前赶回上海和我们一起过节,大家穿上试了一下,效果出奇的好!

圣诞节的前二天,马悦就回来了,加入我们一起进行了紧张的排练后,我们一行五人于平安夜在麦可的指引下来到了位于万达广场旁的一家酒吧,天还没有完全黑下来,酒吧里已经挤满了人,玻璃门上、墙上到处贴满了圣诞快乐的图案,除了我们一行和服务员,清一色的老外,室内很热,我们脱下外套,只穿演出服背心却一点都不觉得冷。轮到我们演出了,我们一起上场,马悦是坐在轮椅上被我和许见推上场的,麦可兼报幕,他先介绍了马悦受伤的原因,又告知大家马悦正在康复中,全场立即报以热烈的掌声。

演出开始了,音乐响起,主唱马悦开始了低声的吟唱。

又一阵掌声响起，这次是给他的歌声的，马悦的激情被点燃了，声音里的情感越来越充沛，尽管此刻我站在他的旁边，但我仍能感受到泪水在他的眼眶里打转的画面，我知道，这几个月来的伤痛和致残的危险给他的心灵带来极大的痛苦，是音乐让他的心灵得到了极大的释放和升华，有时我想，如果马悦没有受伤，我们现在又在忙什么？又是怎样的一种生活状态呢？

生活从不会吝啬给热爱它的人带来惊喜！

这天，我们一首接着一首地唱歌，马悦的状态简直是要唱疯了，最后，麦可带领我们跳起了我们西风中雨版的"江南**Style**"，我、许见、舒越和麦可全身心地放开自己边唱边跳，就连马悦也坐在轮椅上扭动手臂，夸张的舞步，嘻哈的风格，点燃了酒吧里的气氛，一位俄罗斯女郎上台冲着马悦又是抱又是留名片，马悦几乎招架不住。我一点也不在意俄罗斯女郎的热情，我为马悦高兴，他的快乐就是我的快乐，我相信马悦，他非常非常的爱我，没有任何人能在他的心里代替得了我。

在这个老外居多的酒吧，麦可顿时如鱼得水，除了演出，还和很多的老外侃侃而谈，交了朋友。

那一晚，对每个人来说都是一个盛大的节日。

就在我们快要离开酒吧的时候，我看到了郑炜正拉着一位女孩在跳舞，郑炜也看到了我，但他没有和我们打招呼，而是迅速离开，这位女孩见他离开莫名其妙地跟上拉住了他，俩人一起离开。那个女孩不是我们在高速公路上见过的表妹。

我的心里有一种怪异的感觉：真会换啊，干吗呢，我们又不是鬼，躲我们干吗？

圣诞节，我们这些青春不懂愁滋味的人，生生地把它变成了我们的狂欢节。

二十一

圣诞节后,许见天天回家就跟我们讲他跟郑炜的烦心事。原来,郑炜不知怎地又鬼使神差地回到了嘉信投资公司实习。

电梯里,许见见郑炜又回来了,就很关心地问他这段时间去哪了?那位国庆长假期间流产的女孩怎么样了?

郑炜看了看电梯里的几位同事,横了许见一眼,很不高兴地抢白:"你不要乱说好不好?什么女孩,没有的事。"

许见被他一说,还真是愣了一下,一时没有回过神来:"这,什么意思,玩我呢,求我帮忙的时候把自己弄得像孙子似的,现在事情过去了,又变脸了。"

再次成为同事,许见和郑炜的关系不仅没有变好,反而越来越尴尬了。

自从大学生就业难的行情开始，许多公司免费使用实习生成了一个秘而不宣的事实了，只要不超过一定的时间，这些学生就得不到《劳动法》的保护。

实习生也不傻，愿意贴了时间和车马费给公司免费干活，图的就是获取实习经验，因为现在用人单位都不愿意招聘没有工作经验的人，所以实习就成了通往职场的没有保护栏的独木桥了。

在嘉信投资公司实习的大学生有四十几位，有机会留下来的大概也只有近十位，还不算上那些有绿色通道进来的应聘者。

这么激烈的竞争难免会滋生出一些潜规则，比如拼爹，比如拼姿色，这两方面都不占优势的，那就只好拼运气和能力了。

于是实习生之间暗中力量的较劲也就逐年升级。

许见是富二代，在很多人的眼里实习对他来说只当是体验生活，但即便这样那些实习生对他还是很有敌意的，有一个小胖甚至对他说："你老爸的企业做得这么大，不好好地去继承家业上这儿来凑什么热闹，你这不是跟大伙儿抢饭碗吗？"

许见非常生气地回击："凭什么我只能在我爸的企业里干？凭什么我不能到社会这个大舞台来锻炼？"

许见有些纳闷，他们是怎么知道他爸开着大企业的？他从来也不跟在这里上班的人谈起自己家里的事。

哼，除了郑炜，没有人知道他爸开着大企业，只能是郑炜广而告之了，这个郑炜，变得越来越让人不认识了。

于是休息的时候,许见把郑炜叫到了一边,告诉他,他不想让人知道他有个做企业的父亲,因为他跟父亲的关系一直不好。

郑炜一脸无辜地说:"这跟自己有什么关系?"

"你不说,别人怎么会知道我有个做企业的爸爸?"许见不满地说。

"这就奇怪了,我不说别人为什么就不能知道你有个做企业的爸爸?"郑炜顶了一句。

"因为,因为这里没有人知道我家里的情况啊?"许见的反应一时有些迟钝。

"你怎么就知道别人不了解你?现在网络那么发达,人肉搜索你总知道吧?"郑炜还是回了一句。

许见知道郑炜是在狡辩,但又无法反驳,只得说:"郑炜,其实我在乎的不完全是别人知道不知道我爸是干什么的,我更关心的是我们之间亲密无间的关系是不是会消失,我们同学一场,曾经情如兄弟,我希望我们之间永远都能坦诚相见。"

"你天真了吧,我们之间家庭背景不同,怎么可能永远都做到亲密无间?如果说原来在学校的时候行,那是因为大家都是学生,现在不一样了,我们都走上社会了,社会是什么,社会是有阶层的,我们家和你们家是处于不同的阶层,所以,即使你看得起我,把我当兄弟,我也不可能自视和你平起平坐,不过你放心,这些年你对我的情我是领的,我不会出卖兄弟的。"

郑炜信誓旦旦，谈话才算结束。

"兄弟，我跟你说，你这个想法不对，你有心理阴影，记住了，英雄不问出处，只要你有梦想，就有机会去实现，李嘉诚也是出身寒门。"许见拍了拍郑炜的肩，郑炜看了他一下，有些动容，但最终没有说什么就离开了。

很快的，许见发现他的身边平白无故地多了两位追求者，一位是公司的前台，一位是行政科的文员小姐，每天上班，前台小姐都加倍地笑脸相迎，并塞一些零食给他。文员小姐则有事无事地请教他英文资料翻译得对不对，许见是个富家男孩，早已习惯了别人对他献殷勤，所以并没有什么特殊的感觉。

日子一天一天地过去了，前台和文员小姐对他的追求逐步地升级，许见从开始的得意，渐渐地就变成了讨厌，他不喜欢她们的死缠烂打，他无法像网上传说的韩寒那样把这些可爱的女孩都变成亲人，只能见着她们就躲。

公司里开始有同事跟他开玩笑，说他到底是富二代，可以左拥右抱。许见对这些平白无故加给他的评价十分的不爽。

许见对公司里的这些办公室政治十分的不屑，总觉得这些人是吃饱了撑着喜欢弄些是非出来。感叹自己还仅仅是个实习生，发生在他身上的麻烦已经让他生厌，如果正式成了职员，还不知会发生什么状况呢！难怪一部《杜拉拉升职记》会让那么多人看得心惊肉跳，没进职场就已被吓得心惊肉跳。

许见心想如果有时间，写一部《杜拉拉升职记》的实习版，

也一定很好看的。

许见很想因此结束实习,但他又不愿意就这么半途而废,于是便一咬牙一跺脚:就不走,就要坚持锻炼自己的抗压能力。

我们就这样每天听着许见唠叨郑炜的事,体会着两个大男孩之间的恩恩怨怨,心里对郑炜充满了同情。

郑炜不仅躲着许见,连我们也都不理了,我和舒越都给他打过电话,但铃声一响就是没有人接,再打就是关机了,很显然,我们被他 OUT 了。

马悦不由地感叹:"现在的人为了一份忙忙碌碌的生活硬是把自己榨成了冷血的动物,人与人之间的冷漠又加剧了人的孤独,真是可悲啊!这样吧,马上就是元旦了,不如把他请来,我们一起搞个派对,迎接新年!"

"好啊,好啊,搞派对,迎新年!"舒越高兴地拍手响应。

"搞派对是好的,可到底怎么请他?他现在根本就不理我?不如我们自己玩算了。"许见苦恼地一挥手,仿佛要把这个大麻烦挥之而去似的。

"没关系啊,给他发邮箱,他总得收邮件吧。"马悦出招。

"他的邮箱很少打开,有一次我发了他一张电子贺卡,过了一年才收到。"许见说。

"那就发微信,他总得收微信吧!"舒越说。

"他连我们手机都不接,哪还会收我们的微信,没准他换了手机号了都有可能。"许见还是一百个不愿意。

"你大人大量,制作一份请柬郑重其事交给他,来不来是他的事了。"我替许见出主意。

"你老土啊,现在这时代谁还专门制作请柬?"

"你别说,我还就喜欢收别人寄我的请柬,有温度。传统的东西更能传情达意,你们说是伐?"

"是,是,雨辰说得对。"大家纷纷响应。

"我发现你们这些人都有强迫症,人家郑炜活得好好的你们干吗总想着去拯救人家,把自己当救世主似的,其实我敢向毛主席保证,他现在活得快活着呢,保准女朋友层出不穷。哪像我们这种纯洁少年,到现在还是孤家寡人。"许见显然有些吃醋了,觉得我们对郑炜的关心多过了对他。

"这话听起来可不像是你许见说的啊,你什么时候也学会吃醋了,你就是向毛主席保证也没用,郑炜他不理我们不会快活的,他肯定是有某种原因才选择离开我们的,他是我们的朋友,我们不能不管他的。"马悦分析道。

"就是,就是,你可不能置情如兄弟的室友于不顾,只顾自己开心哦。"舒越也跟着帮腔,其实我心里明白,舒越是喜欢热闹的,他希望郑炜来也是为了能多热闹一些。

"好吧,好吧,我服了你们了,怎么突然我变成了批斗对象了,真是的,我声明,请柬我才不做呢,你们做,我负责快递给他。"许见终于投降了。

"那好,请柬我来做。"舒越自告奋勇地说:"麦可,你给我备好纸和颜料,我立即开工。"

麦可立即响应,四处给她找纸和原料,最后终于找来了一本画报和几支水粉颜料,舒越找来了一条丝织的围巾,毫不犹豫地撕开,做成一朵小花。然后把画报的空白页剪下来,将小花粘上,又在上面画上名字和卡通,不到十分钟,一张别开生面的贺卡就做好了。她反复欣赏,用手机拍下后,才信心满满地交给许见:"请交给郑炜,保管他会来。"

"如果他不来怎么办?我们打赌。"许见来劲了。

"打赌就打赌,赌什么?"舒越勇敢应战。

"赌元旦之夜的所有开销!"许见说。

"好,一言为定!"舒越爽快地答应了。

"那你们说,元旦之夜大家怎么玩?"

"冷餐会,买好多的菜,自己做,请很多朋友来跳舞,倒计时。"我说。

"冷餐会怎么行,太小资了,不热闹,我们搞个火锅派对吧,热热闹闹,红红火火,多好!"许见热情高涨地建议。

"光火锅也不行,坐不了几个人,烧烤吧,烧烤不受限制,冷餐会加烧烤,又小资,又热闹。"马悦来了个中西合并。

"马悦的主意不错,那就烧烤加冷餐会,我们要在这院子里放上一排的烧烤炉。"舒越做了个夸张的手势。

"天呢,你是准备把全世界的人都邀请来吗?"许见幽默了一下。

"那有什么,人越多不就越热闹吗?"舒越做事从来都是异想天开的:"不妨我们在微信群里做个广告,看有多少人愿意参加?"

"可是我们的院子就这么大,人来多了怎么办?"许见问。

"缺少创意吧,人多了可以想办法呢,比如动员邻居一起参加,把他们家的院子也贡献出来,再不行可以去绿地广场什么的,或者干脆以学生会的名义在复旦的校园里办。"舒越想出来的主意都是大手笔。

"赞同!赞同!"大家纷纷表态。

"好,就这么定了,我干脆去复旦的校友网上发帖,看有多少人。"许见的积极性马上就被调动起来了:"对了,我们能对来宾收点费吗?"

"收费麻烦,我们准备基本款的菜,其他的每人带个菜来就行。"马悦建议。

新年晚会的事就这么被定了下来。

说干就干,我和舒越当天就忙开了,我们在网上定购了大量的火腿、香肠、面包、水果等食品,许见在网上一发帖,报名的同学蜂拥而至,形势一片大好,兴奋得许见天天守着网页点人数。

"刚才又有十五人报名了!"

"今天已经超过百人了,天啊,我们太有号召力了,都挤我们这儿凑热闹来了。"

许见不停地发布网上新闻,并且添油加醋。

"我看是因为大家要毕业了,很多人要离开复旦了,舍不得离开了。"舒越说。

"是啊,时间真快,我们都已经是大四的学生了,就要毕业了,真快!对了,为我们这次迎新年的活动设一个主题吧,就叫……"没等我说出来,马悦就抢着说:"让友情地久天长。"

"是啊,还有半年就要毕业了,要各奔东西了。"

"你们别说,原来我也并不觉得大学的同学对我有多重要,很多时候我都不住校,在外面玩,可现在还有半年要毕业了,要离开复旦了,才觉得复旦的每位同学都那么的可爱。"马悦不由地发表临毕业感言。

"每个人都有这样的体会,得到的时候都不太懂得珍惜,只有失去了才痛悔自己失去了人生多少重要的东西。"想到爸爸妈妈的经历,我不由地感慨。

"所以,这一次一定要把气氛搞得特别的煽情,让每个人都永生难忘。"舒越充满情调地对天发誓。

"可是离毕业还有半年呢,就搞得生离死别似的,过了吧?"许见笑。

"这你就不懂了,等到毕业的时候,很多人提前出国,或到外地实习去了,不在学校了,根本凑不齐人,不如多搞几次,分批搞,反正也是找个理由让大家聚一聚,也不在乎多一次少一次。"我理解她,及时行乐才是舒越的生活哲学。

"计划赶不上变化,那么多人呢,看来这里待不下,我们也得调整计划,去复旦校园办了。"舒越几乎是兴奋地说。

"那我们搞篝火晚会如何?"我建议。

"好啊,好啊。"麦可高兴地连连赞同。

"这事由雨辰负责,正好她也是文艺部部长,我们大家全听你的安排,给你打下手。"舒越说。

"好,就这么定了。"许见也举起了手。

于是大家全都举起了手,表决通过,大家开始分头去做准备。

为了保证活动的正常进行,我对这次活动做了一个计划书:

计划书

一、活动名称:2013 致大四新年篝火舞会

二、活动主题:迎新年,让友谊地久天长

三、活动时间:2012 年 12 月 30 日 20:00~0:00

四、活动地点:复旦光华楼北侧的足球场。

五、活动形式:烧烤、跳舞

六、前期准备(12 月 26 日—29 日)

 1. 准备食品

 2. 拉横幅、音乐播放器等

 3. 安排安保人员

 4. 搭建一个做火把的火堆

5. 准备木材、汽油、引火棒、灭火器若干个。

由于我是学生会的文艺部长,组织过多次类似的活动,很快就将方案做好了。让大家看了以后,略作调整补充后就算是OK了。于是我向学校申请了这个活动,校领导很快就给了我回音:同意,不过要做好安全防火措施。

30日很快就到了,晚七点,我、马悦、许见、舒越、麦可一行就一起来到了校园做准备,由于事先准备充分,不到半小时,就把所有的准备工作都落实好了。

"还有什么需要我帮忙的吗?"一个男中音在我耳边响起,我一看,不是别人,正是郑炜。

"郑炜,你终于露出水面了?我们还以为你打算永远消失呢!"我打了他一拳。

他嘿嘿地笑了一下:"我本来不想来的,我都被学校开除了,但我还是来了,来看看学校。"他说。

"你来得对,欢迎你!"我拍拍他的肩。然后把手里的引火棒交给他,请他等会儿点火,他高兴地接受了这个光荣的任务。

八点不到,足球场上就已经聚了五、六十人,尽管天气有些冷,但大家围着篝火一起烧烤、聊天、跳舞,玩得不亦乐乎。还有同学打开了iPad,收看元旦晚会。

很有意思的是,一个小时后,当大家喝足吃饱后,就自然地分成了三个圈子,一个是实习找工作的圈子,大家在一起交流找工作的体会；一个是考研的圈子，大家在一起谈的则是考研的题型；还有一个就是申请出国的圈子，大家议论的自然就是考托福、考 GRE，申请学校之类的事了。

有同学问我们为什么那么热衷于出国留学，那会很辛苦的。

我不假思索地回答："就是想趁年轻的时候多学点东西，去领略一些西方的社会和文化，学习他们先进的科学技术，以便更好地报效祖国。"

马悦不由地感慨，看来今天的守岁既是一次增进友谊的联谊会，也是一场人生讨论会。

"当然了，大四了，还没有完全进入社会，就已经领教了现实生活的无奈了，所以，寻找前途就成了新年到来之际的首要任务了。"我在一边安慰他，并不是我有多开朗，而是我能够理解每个人的处境。

听我这么一说，马悦也就释怀了。

四个小时的聚会很快就过去了，十二点马上要到了，晚会开始倒计时：9、8、7、6、5、4、3、2、1，"新年快乐！"在场的同学一起跟着叫了起来，互相握手、拥抱、祝福。

"最炫民族风"的音乐响起了，大家自发地排成方阵，跟着节奏跳了起来，顿时，足球场上一片欢乐。

我们一遍又一遍地唱着，跳着，青春的激情在心中澎湃，我知道，这又将是一个不眠之夜。

二十二

　　自从和我们一起过光棍节以后,成铭经常跟许见微信传情,她的出现减轻了郑炜给他带来的伤害,成铭的爸妈从南非带着一大笔钱回来了,她毫不犹豫地与许见合股投资了神奇照相馆,并且决定把它做成连锁店,就当是社会实践了。

　　成铭对我们说:不努力的女人只有两种结果,就是只有穿不完的地摊货和逛不完的菜市场。所以啊,女人更要自己努力才行。

　　成铭为此把工作的重点转移到了上海,也住进了许见的别墅,这一来,我们就更热闹了,许见每天和成铭打打闹闹,有说不完的话。成铭每天吃饭的时候都跟我们汇报她那照相馆的进展,神奇照相馆现在被成铭改为"神奇一号照相馆",她不仅聘请了上海最前卫的摄影师和造型师为照相馆设计了造型模板，并扩展了形象设计的业务，当然了，收费也从原来的几十元升到了几百元，生意居然越做越兴隆。随后，成铭又神速地在高校附近找了十几家门店，决意要将"神奇一号照相馆"打造成神奇连锁公司，吸收加盟者。

神奇照相馆招聘的员工为那些家境贫困的在校学生提供了勤工俭学的机会，那些学生在神奇照相馆不仅赚到了生活费，同时还学到了赚钱的本事和那份快乐工作带来的愉悦。

许见和成铭让我们每个人都得到了一些股份，我们平时的任务就是在同学中宣传"神奇"，并不断地在微博上帮他们转发信息。经我们这么一折腾，神奇照相馆的知名度很快在大学生中达到了精英级。

春节就要到了，许见想到马悦抓小偷时因为路人的冷漠没有帮忙，以至被小偷打伤。他说看过一本名叫《当餐饮经营遇上了创意》的书，里边的主人翁在经济危机时常常到街头给一些失业的无家可归的人送饭。我们不如学他搞一个"无价拥抱 **FREE HUGS**"活动。很多人都面临着失业和找不到工作，变得越来越孤独越来越宅，无价拥抱可以通过拥抱传递温暖，让那些处于失意的人得到力量。

"好，我们一起去，我还要在网上发帖。"舒越第一个响应，我们也都积极支持。

"我们先演街舞，集聚了人气，拥抱的效果就更好了。"我跟着提议。

大家说干就干，时间选在大年三十的晚上，因为这个时候那些没有家的人会特别的孤独和难受。

为了达到最佳的效果，成铭在每个"神奇照相馆"里做了"无价拥抱"的宣传广告，并印了广告单派人到地铁口广为散发。

大年三十那天，下午四点钟，我、马悦、舒越、麦可、许见、成铭一行和神奇照相馆的员工举着事先做好的一块大大的"无价拥抱"的广告牌准时来到了淮海路的时代广场，先是我们上场演出半个小时，马悦还是主唱，我们各司其职，"传奇一号照相馆"的员工则组成了庞大的伴舞团，齐刷刷地大跳"江南**style**"，随着舞蹈的深入，加入跳舞的人越来越多，气氛像被点燃了一样，场面变得十分的壮观。五点钟一到，乐队开始演奏萨克斯《回家》，我们带头和熟悉的及不熟悉的人互相拥抱，一时间，整个广场安静了下来，我们一个一个地拥抱着，用我们的真诚温暖着彼此，感觉就像点亮了买火柴的小女孩手中的那根火柴，世界因此而变得无比的温暖。

广场的周围拥来了很多好奇的围观者，更有甚者给予了热烈的掌声，很快的，他们被我们的情绪感化了，也互相拥抱了起来……

无价拥抱活动后，我们给每个人发了一袋桂冠牌圆子，算是过年的礼物了。这些圆子也是一家公司主动赞助的。

回到家，已经快晚上九点了，我去厨房煮圆子给大家吃，还没有煮好，就听到成铭在客厅里大叫了起来："大家快来看，快来看。"

"怎么啦？大惊小怪的。"我回到客厅，原来电脑里正在播放着晚间新闻，屏幕上竟然是我们刚刚结束的无价拥抱的活动。"

"这也太，太神了吧，电视台什么时候来拍的？"许见激动得有点语无伦次了。

"不知道，也许是我们发宣传单的时候，正好被他们拿到。"成铭仰起头，激动地猜测着。

"是啊，是啊，一定是的。"许见也高兴得有些语无伦次了。

"但是电视台拍新闻是要有人请的，有时还有给红包呢，他们怎么就那么清廉呢。"许见不解地提议。

"你也不要把所有记者都看成只会拿红包的，我们这种活动多有意义啊，电视台是看得懂其中的新闻价值的。"我反驳许见的见解。

"雨辰说得对，有责任感的记者多得是。"舒越同意了我的观点。

"确实记得高三的时候，我在校门口发 T 恤衫，也引来了一批记者，他们也是不请自来，也是不用我花一分钱就把稿子发了，新闻也做了。"马悦支持了我一下。

"对，对，我看过一本书，《那一年我们经历了一场忧伤》，

200

里面有个情节，就是这样的。"舒越对这个话题也来了兴趣。

"对了，我这里还收到几张名片呢，"成铭从她的书包里掏出了几张名片递给了许见，许见一张张地看，剔除了前面几张，将最后一张捏在手里仔细地看了一下："看这张名片，电视台的，是不是就是这个家伙呢？"

成铭从许见手里一把抓过名片说："什么家伙家伙的，懂点礼貌好不好？人家还帮你报导新闻了呢！"

许见看着她，不好意思地："我，我没有恶意，我是把他当哥们呢。"

"这还差不多，什么时候请他来撮一顿，谢谢电视台的报导。"成铭得寸进尺地建议。

"你不会对他一见钟情了吧？"许见看上去吃醋了。

"喂，你对自己有点信心好不好？我跟他匆匆一见连他长怎么样都没搞清楚，怎么可能一见钟情呢，你想多了吧！"

"那，好吧，你想干嘛就干嘛吧，我没意见。"被成铭一激将，许见不好意思地笑了一下，算是回答。

二十三

电视台跟拍新闻的男孩叫陆甲,四方脸,戴宽边眼镜,一脸的青涩,整一个张雨生再世。

接到成铭的邀请陆甲自然十分的高兴,当机立断地表示第二天中午就可来访。真是急性子啊。

"我是单身,反正在家也没什么事,昨晚回家陪我爸妈吃了顿年夜饭,也算是尽孝心了。"陆甲快人快语地说。

为了方便,也为了欢乐,我们在许见家的花园里一起烧烤,上个星期我们就已去超市买了香肠、汤圆、香菇、青菜、鱼圆等等年货,把许见家的冰箱塞得满满的。

烧烤最大的好处是人人都可以当厨师,陆甲一到,就加入了我们自己动手烧烤美食的行动中,顿时,花园里香气四溢,

陆甲是烧烤能手，很会侃，自告奋勇地为所有人服务，他是属于自来熟那一类，很快就和我们每个人打成了一片。陆甲的到来给许见带来了压力，许见对他又爱又恨，他不停地和陆甲拼酒，把陆甲搞得莫名其妙。

我、马悦、舒越看着他们一个劲地乐，单纯的麦可不明白我们为什么笑，想问又不好意思问，只得跟着我们汕汕地笑。

席间，许见问陆甲是怎么知道我们有一个无价拥抱的活动的？他说他大四的时候就是到神奇照相馆去拍毕业照的，对那个照相馆印象深刻，自此他一直在关注着这家照相馆，后来电视上关于该照相馆要关门的新闻也是他去拍的。自从许见和成铭入主神奇照相馆后，他没少关心，所以当他在地铁口发现了照相馆分送的无价拥抱的广告单后，就不请自来了。

"你们电视台拍这样的新闻没有钱也能来拍吗？"成铭好奇地问。

"我们播新闻一般是不收钱的。"陆甲笑了一下："不过必须得有真正的新闻价值才行。"

"哦，懂了。"成铭点了点头，算是明白了。

"我看你是吹的吧，在为你们电视台贴金呢，我爸的企业每次请电视台做宣传，都是花钱的。"许见毫不留情地揭露他。

"你爸请的可能是广告部门吧，我们新闻部是不收钱的。"陆甲还是坚持为新闻正言。

"换个话题，换个话题，陆先生，我们这个节目播了以后效果如何，有没有人很踊跃的打电话给你们。"我见许见和陆甲之间的气氛有些紧张，立即转移了话题。

陆甲松了口气："节目播出后，昨晚上电话都打爆了，纷纷表示耳目一新，太震撼了，希望媒体能多播报一些这类有积极意义的节目，还有人问什么时候会再有这样的节目，他们也想参加。"

"那太好了，以后我们可以定期举办，把时间固定下来，比如，每月一次，这样来的人会越来越多。"马悦很兴奋地说。

"好啊，好主意，我们电视台可以继续跟踪报导。"陆甲爽快地说。

"大家别只顾着说话，来，来，干杯！"舒越举起酒杯："大家新年快乐！"

"新年快乐！"大家纷纷响应。

话音刚落，所有的杯子碰在了一起，发出了清脆的响声，给大年初一增加了几许欢乐和喜气。

"我建议，我们现在也拥抱一下，我声明，是无价拥抱！庆祝一下新年！"陆甲别出心裁地建议。

"好，好，无价拥抱！"陆甲说完带头就和成铭拥抱了一下，成铭边接受拥抱，边回头看了一下许见，许见显然不快活了，拉起舒越就拥抱了她，这回麦可不干了，麦可虽然很有绅士风度，但他还是迫不及待地把舒越拉回了自己的怀里，我和马悦依偎在一起，看着他们直笑。

"哥们,我怎么觉得这无价拥抱到了你这儿就成了性骚扰了?"许见冲着陆甲阴笑,陆甲有些不高兴了:"你什么意思,你能抱的女孩我为什么就不能抱?"

"因为她是我的女朋友。"许见振振有词地说。

"庸俗了吧!无价拥抱是超越任何的地域、身份的。"陆甲理直气壮地回击,许见也就不跟他恋战了。

二十四

聚会以后，舒越说妈妈离婚后很寂寞，得回家陪陪妈妈，要离开一些时间，麦可想跟着一起去，但舒越说得先让妈妈有个心理准备，让他等她消息。

麦可无法跟舒越回去，只好继续和我们住在一起。我们把春节的每一天都过得风生水起，这期间，麦可被舒越召唤过去一次。

我和马悦有一个很重要的任务就是节后要考 TOEFL 考 GRE，春节长假正好成了我们潜心复习的时间。很多人考 TOFEL 和 GRE 都会去新东方上课，但麦可在这方面很有经验，我们就请麦可当老师，倒也省下了一大笔钱。

时间过得真快，一眨眼就到了元宵节。由于舒越这个开心果不在，我们的元宵节就过得简单多了。

元宵节后的第一天上午，一位戴着口罩的女子走近了我们的别墅，门铃响了，我看了一下可视门铃，却不认识她是谁。

"你找谁？"我问。

"我就找你。"戴口罩的女子说。

"你是谁？我们认识吗？"我问。

"你难道真的不认识我吗？

"不好意思，看不清楚。"我歉意地笑，为不认识她而道歉。

女子开心地笑了起来："太好了，果然不认识我了。"

我有点以为她是神经病，便不客气地说："对不起，我现在很忙，请你报一下姓名。

"我是舒越啊，你真的不认识我啦？"

"舒越？你不是有钥匙吗？为什么不自己开门。"我有些疑惑，这人怎么不太像舒越，舒越可没有这样的大眼睛。

舒越长得很像林忆莲，小鼻子小眼睛，再加上性感苗条的身材，很有林忆莲的范，可舒越一直对自己的长相不甚满意，总嚷嚷着要整容，过去一直以为她也就是说说而已，难道她真的整容了。

"我忘了带钥匙了。"舒越疯疯癫癫地说。

这回我听清了，果然是舒越，尽管她戴着口罩，声音有点走音。

我点了开门的按钮，不一会儿，舒越像风一样地闪进客厅。

"你真是舒越吗？"我又定睛地看了看她："能把你的口罩摘下来吗？"

舒越很配合地摘下了口罩，这回我更吃了一惊："你的脸怎么也小了一圈？你整容了？"

"是啊，旧貌换新颜了吧！"她神气地展示自己。

"你一直那么好看，那么协调，干吗要去整容，你这不是自讨苦吃吗？"我为她惋惜。

"你OUT了吧，现在可流行整形呢，韩国的大部分明星都是整行整出来的，在韩国，整行医院开得比小超市都多，很多父母给女儿十八岁的见面礼，就是一张整容的卡。"看来，美丽事业魅不可挡，连一向我行我素的舒越都加入了整容的行业。

"那是因为韩国女孩没有中国女孩好看，中国女孩有自然美，何必还要在自己的脸上动刀动枪呢？"我还是接受不了整容一说。

"错，我说你OUT了吧，现在中国女孩也时兴整容了，很多大四学生为了求职，花上数万元去整容的不在少数，有些垫高鼻子，有些开双眼皮，有些腰部抽脂，反正怎么美丽怎么整。"

"找工作一定要漂亮吗？"我疑惑地问。

"当然了，现在是眼球经济，很多大学生找不到工作，就去整容，据来自协和医院的统计显示，目前整容的大军中，百分之三十是大学生。"

"但是我觉得，多数用人单位并非"外貌协会"，大学生对自己要有准确的定位、规划好职业道路，才是最关键的。"

"其实整容也分很多种，有些确实是为了让自己好看才整容的，有些则真的是为了找工作受挫才去整容的，网上说，有位武汉大学的研三男生，正当同学们忙着投简历、跑招聘会时，他却消失了两个星期。把自己的单眼皮变成了双眼皮，把塌鼻梁也变成了高鼻梁。"舒越说。

"那整容疼吗？"我关心地问。

"当然疼了，疼得我整个人都差点昏了过去。"

"那你这不是自找苦吃。"

"我觉得这苦吃得很值啊！"

"我看你简直是疯了，你又不难看。"

"但还可以更好看，有句话怎么说来着，没有最好看，只有更好看。"舒越看着我说。

"你太不自信了，你的脸长得多有个性，是天生的尤物，我羡慕还来不及呢！知道索菲娅罗兰的故事吗？她刚出道的时候制片人就觉得她的鼻子和嘴不好看，建议她整容，她不肯，她认为这些都是她身体的一部分，没必要整容，结果怎样，她出名了，她的在制片人看来不完满的长相成了她的标志。"我竭力表达了自己对于整容的想法。

"好了，我知道你的想法，可我还是喜欢整一下容，我喜欢追求新的东西，喜欢变化。"舒越说。

"那你干吗要戴着口罩回来?干吗不让别人一眼就认出你整容不得了。"我问。

"亲爱的,我戴口罩跟整容没有关系啦,只跟天气有关系,你没见今天有雾霾,都黄色警报了,专家号召大家出门都要戴口罩呢!这雾霾要致癌的!不信你上网看看。"舒越做了一个夸张的动作。

"真的?我今天没有出过大门,不知道呢。"我如梦初醒。

"专家说,雾霾天气使空气质量明显降低。气象专家提醒居民需适当防护,尽量减少室外暴露的时间,减少开窗,长时间在室外需要佩戴口罩。"

"哦,明白。"

说话间,麦可和成铭一起走了进来,舒越大叫了一声麦可,麦可疑惑地看着她:"你是叫我吗?"

舒越尴尬地说:"麦可,你不认识我了?"

"你是舒越?"麦可问。

"我不是舒越我还能是谁?"舒越笑着说。

"怎么看上去怪怪的,不像你了。"麦可还是不能确认是舒越。

"我整容了,你还看不出来。"舒越大声地说。

"整容,宝贝,你什么时候去整容的?怎么没听你说?"

"是啊,你怎么就去整容了呢,你又不是明星。"成铭也在一边发问。

"就上个星期,不是明星也可以整容啊。"舒越摆了一个造型。

"哦,原来你两个星期躲着不见我是去整容了?"麦可的脸色有些难看了。

"是啊,我不就是想给你一个惊喜吗?"

"可是这么大的事你应该跟我说一声啊!"麦可委屈地说。

"亲爱的,我整我自己的脸凭什么要对你说?"

"可是我们不是恋人吗?我喜欢你原来的样子,我不喜欢你现在的样子,知道吗?"麦可真是直言不讳啊!

"为什么,我现在不比原来好看了吗?"舒越不高兴了。

"不是好看不好看的问题。"麦可说:"是自然不自然的问题,你原来不好看,但是自然,我就很喜欢。"

"你说什么?我原来不好看?"舒越一听马上就不高兴了:"你觉得我不好看你还找我干什么?喜欢我的人多得去了,你还嫌我不好看。"

"我不是这个意思,我觉得你是好看的,但因为我爱你,别人不爱你,就觉得你没那么好看了。"麦可见舒越一脸的不高兴,知道自己闯祸了,于是赶紧补充。

"什么别人不觉得我没那么好看,我跟你说,所有人都认为我好看,你这么说是因为你不够爱我。"舒越也学会撒泼了。

"哎,跟你说不清啦,我就是想说你还是不整容的好,为什么一定要去整容呢?"

"我高兴整容,我喜欢变化,不行吗?你一个伊朗人你懂什么叫美?什么叫时尚吗?"

"好,好!我是伊朗人,我不懂,你歧视我们伊朗人,对不对?"麦可顿时就愤怒了。

"我没有歧视你,是你歧视我,说我不漂亮,我到今天才知道我在你眼里不漂亮。"舒越的扯着嗓门吵了起来。

我和成铭赶紧从中劝架:"舒越你不要那么敏感嘛,麦可他不是这意思,他很爱你,手机里全是你的照片。"

这个时候的舒越根本就听不进劝:"你别替他说话,我忍受了那么大的痛苦为他整容,就是为了他喜欢,没想到他不仅不安慰我,还讽刺我不好看,我再也不要见到他这人了。"

一向开朗的舒越居然也伤心地哭了起来。

"麦可,你还不快紧安慰安慰她。"我又去劝麦可。

麦可马上说:"是我不好,亲爱的,我不会说话,可是我说的是真实的话,你不要不高兴,这次就算了,你以后再整容一定要告诉我,我不喜欢你整容,我就喜欢你不整容的样子。"麦可说着说着又绕了回去。

舒越真的生气了,一把把他往门外推:"你给我出去,你这个大灰狼,我还没有嫁给你呢,就没有权利了,我动一下我自己的身体还要跟你汇报?你给我走吧,我不要见到你。"

麦可被舒越推着进也不是退也不是,为了避免尴尬,最后说了一句:"那你好好地冷静一下,我先去一下学校。"麦可说完就走了出去。

"麦可，麦可。"我想把他喊回来。

"别喊他，让他走。"舒越的小姐脾气发起来也是很厉害的。

麦可用绝望的眼神看了我一下，终于还是离开了。

舒越看着他离开的背影，不禁更大声地痛哭了起来。

成铭撕了几张餐巾纸给舒越，舒越把她的手打开了。

"你这是发的哪门子神经啊，我又没有得罪你。"成铭不高兴地叫。

"都是你，谁让你长得美，人家都拿你当镜子跟我比，自然就觉得我不好看了。"舒越还是哭。

被她一说，成铭简直哭笑不得，天啊，原来长得美也成了错误了。

"你讲点道理好不好，我又不是今天才长成这样的，你这官二代小姐的脾气要好好的改一改，不要想怎么冤枉别人就冤枉别人，把人家的好心当驴肝肺。"

"是啊，成铭说得有道理。"

我是真心的想提醒她，即便今天我不提醒她，以后她走上社会了别人也会不喜欢她的。

这个时候的舒越简直失去了理智了，她伤心地哭："我就知道你们不喜欢我，就知道你们跟官二代有仇，又不是我要当官二代的，再说我也不喜欢当官二代，我也不喜欢我爸我妈当官的样子。"

这就是舒越可爱的地方,她本人并不拿爸爸妈妈的职位当回事。但由于从小耳濡目染,她身上难免会带一些霸道之气。

严格地说,这也不能全怪她。

谁能不受环境丁丁点的影响呢。

于是我又给她递上餐巾纸让她擦脸,她接过餐巾纸不好意思地笑了。

"我真的整得不好看吗?"她怯怯地问。

"没有,很漂亮。"我安慰她。

"那怎么麦可不喜欢呢!"

"傻瓜,他是想说你本来就很好看。"我替麦可说话。

"你就会帮他不帮我,他明明是嫌我不漂亮。"

"你呀,又来了。"被我这么一说,她不好意思地吐了吐舌头。我知道,一场风波算是过去了。

"还不赶紧给你的白马王子打个电话道声歉,人家可是被你气得话都说不出来了。"成铭提醒她。

"不打,谁让他乱说话,对了,你们刚才怎么一起来的?怎么在门口碰上的?"舒越问。

"就是在门口碰上的。"成铭坦言。

"这次就相信你了。"舒越边说边拿出了手机,找出麦可的电话打了过去,可一会儿她就放下了手机。

"怎么啦?"我问。

"他关机了,这个坏麦可,他敢关我的机。"舒越恨得咬牙

切齿。

我赶紧分散了他的注意力:"他可能正好是手机没电了呢,给他发个微信吧。"我说。

"不发,气死他算了,不理他了。"舒越说完收起了手机。

"对了,你这次回家那么久,有没有把麦可带给你妈看一下?"我问。

"看过,在外面的酒店一起吃了一顿饭,然后我妈就让我回家住了一段时间,她是想给我洗脑,她说她不排斥我找老外,但得是发达国家的人,不能找亚洲老外。"

"你妈有种族歧视吗?"我问。

"谈不上,她就是觉得发达国家比较文明啦。"

"那这半个月被你妈洗脑洗下来,结果怎么样?"

"我在家里待着无聊,就去做整容了。"

"你是打算和麦可分道扬镳,所以刚才说话故意气他?"我一针见血地问。

听我说到这份上,舒越可怜巴巴地看着我:"算你冰雪聪明,真是什么也瞒不过你啊。"舒越说完伤心地哭了起来。

"怎么啦,你哭什么呀,你不是一直都很我行我素的吗?什么时候把你妈的话放在心上?"

"你不懂。"舒越说:"我妈经历了这场离婚,一下子就老了许多,而且身体也不太好,我不舍得让她伤心呢!"舒越解释。

"那你就只好牺牲麦可了?"我同情地:"对了,你妈到底哪不喜欢麦可了？除了国籍。"

"就是国籍问题，我妈说怎么地她都不能接受一个伊朗人当自己的女婿。"

"为什么？是国籍歧视？你妈可真逗，人家奥巴马还是黑人呢。"成铭不屑地说。

"我妈问麦可将来会定居上海吗？麦可说他将来主要是在伊朗，但是会中伊两边跑，我妈舍不得我将来住在伊朗，所以坚决反对我和麦可在一起。"

"将来都成地球村了，有志向的人都成了国际人了，你妈怎么这么老土。"

"你说够了没有，不许这么说我妈。"舒越发怒了，第一次跟我翻脸，我不想她不高兴，于是只得说："好吧，就当我多嘴了。"

舒越懊恼地说："你说这人为什么要长大，不长大多好，永远的十三岁，无忧无虑的，多好！"

"成长总是痛苦的，别哭了，相信麦可会理解你的。"

"可是我放不下麦可，我爱他，我离不开他。"舒越继续哭。

"那就让时间来决定吧，走吧，做晚饭去。"我拉着舒越一起进了厨房，网上说，厨房是最好的疗伤的地方。

我们一起准备午饭，我淘米做饭，她做水果汁，成铭也来帮忙，她洗菜。

许见家的厨房特别的大，近二十平的空间里应有尽有，在这里做菜简直就是享受。

今天我要做的菜是橙汁山药、巧拌唇贝，这些都是我和马悦在681会所吃饭时学来的菜，又好吃又好看，尤其是那摆设，特艺术。我先将赤贝和芹菜洗净后用芥末拌好，然后放在用卷心菜的菜叶和黄瓜分别做成的两个托盘上，再用巧克力酱在白色的盘子上画图案，最后放上鲜红的樱桃，一盆色香味俱佳的菜就做好了。

舒越在一旁边干活边看我做菜，不禁赞叹："雨辰，我看你都不用培训就直接可以当家庭主妇了。"

"哪里，我也就只会做这么几个菜，我现在怎么就觉得做菜怎么就这么幸福？"我沉浸在自己的幸福中，忘了顾及舒越的感受了。

舒越戚戚地说："当然咯，这世界上有几个人像你这么幸福的，死心塌地地只爱一个男人的？"

"只爱一个男人不好吗？"我问。

"据可靠统计，和初恋一起进入的婚姻的风险要高于那些婚前有多次恋爱经历的夫妇。"舒越振振有词地说。

"什么歪门理论，我才不信呢，婚姻靠的是爱情，爱情越浓，婚姻的质量就越好。"

"你又天真了吧，我妈说，最稳固的婚姻靠的其实是利益，只有利益才能让婚姻长久。"这个舒越，怎么口味变了，越来越现实了。

我深深地注视着舒越。

舒越不自然地回避着我的眼神:"你看着我干什么?我有说错话吗?你有不认识我吗?"

"是啊,我是快不认识你了呀,你在我眼里一直扮演着情圣的角色,为了爱情可以什么都不管不顾的,怎么现在说出的话像是换了个人似的。"我说。

"什么意思,我有变化那么大吗?"她吃惊地问。

"我刚才应该用录音机把你那段话录下来,放一遍给你听,听听你都说了些什么?"我觉得还是实话实说的比较好。

"也许吧,我也觉得自己都快不认识自己了。"舒越并没有生我的气:"都是给麦可给闹的。"我真心的替可怜的麦可鸣不平。

"看你失魂落魄的样子,晚饭后去看一下电影散散心吧,听说现在有一电影叫《泰囧》,可好看了,票房都十五个亿了。"成铭提议。

"票房高不等于片子好看啊,这故事讲什么?谁演的?"舒越不太提得起精神,她平常沉浸在自己的恋爱中,连这么红的电影都没有放在心上。

"徐峥演的,这部片子还是深藏着智慧的,影片讲了一个回归的故事。狂热追求事业的徐朗创造了一种可以使他变成亿万富翁的油霸,不顾婚姻危机瞒着合伙人兼老同学高博只身奔赴泰国获取老周的油霸授权书,由于丢了护照,于是他利用卖葱油饼的王宝一起旅行,一路上遭到了高博的跟踪,同为合伙人,他们谁拿到老周的授权谁就可以成为亿万富翁。为了甩掉高博,徐朗撇下身无分文的王宝。最后当他和高博两败俱伤地拿到老周的授权书时,修行后的老周为了防止他们的恶性争夺,要他们二人共同签字,故事讲到这儿,就有点意思了,真是早知如此,又何必如此恶性的争夺。"为了提起她的兴趣,我耐心地向她解释。

"老周在泰国干吗呢?"她问。

"在寺庙修行呢。"成铭答。

"那就对了,所以听上去很有禅意的。"

"你现在对佛学也有研究啦?"

"略知一二吧。"舒越开始变得谦虚了。

"虽然是喜剧片,但不俗,拍得很有深度,电影中有一仙人掌的应用挺别具一格的,仙人掌是带刺的,它时不时地刺一下演员不仅为影片增加了许多笑点,也在暗喻它不时地刺痛了社会。影片最后通过仙人掌的死,徐朗才知道他视为高科技环保的油霸其实是一种有毒的产品,这不仅为徐朗最后放弃老周的授权提供了心理基础,同时也暗示了仙人掌还是社会的试金石,种活了,就是一棵健康书。"我跟成铭一起去看过,成铭也觉得很好看。

"很多喜剧片拍得都俗不可耐的,这个徐峥演得好吗?笑点多吗?"她好像有点兴趣了。

"笑点很多啊,我总结了一下,有七大笑点。"

"洗耳恭听!"

"笑点一:上飞机时徐朗和王宝同时打电话,窜话;笑点二:徐朗骗王宝说自己睡了高博的老婆,王宝误以为真,于是闹出了一系列的笑话;笑点三:徐朗打开电脑想收周老板所在寺庙的邮件,一盆水泼下来,王宝要给徐朗洗洗脑子,电脑烧坏了;笑点四:王宝拿着报纸上剪下来的范冰冰的照片说是自己的女朋友;笑点五:徐朗和高博历尽千辛万苦得到的周老板的授权书竟然是两个人需同时签名的;笑点六:王宝用做葱油饼的方式给高博做泰式按摩;笑点七:徐朗心中价值连城的油霸其实是有毒的,这是就是一个冷幽默了,也是充满了人生哲学的。"我对这电影的笑点如数家珍。

"看来,那叫什么来着,那个王宝还挺'二'的。"舒越很会总结。

"是,这个电影的许多的笑点都是由误点引起的。王宝的'二'相对于徐朗的'精',差距就出来了,笑点也出来了。同时,王宝的简单幸福也给徐朗上了很好的一课。"成铭补充她的观点。

"是有点意思。自从周立波以来,'笑'的经济欣欣向荣。这也很能体现观众们需要放松调节情绪的心态。"舒越作总结:"作为喜剧片,影片能拉动十几亿的票房,也算是四两拨千斤了,这回周立波可有对手了。"

"是，最近周立波骂徐峥也骂得厉害。电影里，还有一条不可忽视的主题，人性的回归，回归家庭，重新找回亲情和友情。"

"我想起来了，好像有教授批这个电影是三俗，是说的这个电影吗？"舒越问。

"是，不过我想仁者见仁，智者见智了。徐峥是聪明的，他一个劲地暗示别人不要只注意票房，其实他是不好意思说他的电影，除了票房，还有内涵，就像一位穿了新衣服或是剪了新发型的小女孩，在人前硬憋着不说自己漂亮，其实是在等着别人来发现。这样的好处是一方面等于做了广告，吸引了很多喜欢俗的人进影院。同时又不妨碍智者可以在电影里看到一个人性回归的故事。这就是文化商人的智慧了，也是《泰囧》这个团队的智慧了。"我发表自己的看法。

"你们都已经看过了？"舒越问。

"是啊，我们都看过了。"成铭答。

"那我一个人有什么好看的。"舒越没劲了。

"你怎么会一个人，你可以找麦可一起去啊。"我建议。

"你要害我啊，这个时候我怎么还好意思和他一起去呢。"舒越又陷入了忧伤。

"你们也没有说要分手嘛，何必那么介意看场电影。"我从内心觉得舒越如果和麦可分手是挺可惜的一件事，所以想鼓励他们去干点看看电影之类的事，没准他们的爱情能超越世俗的篱笆。

"算了，今天算了，你们刚才也看见了，他很生气走了，他不会理我了。"舒越重重地叹了口气。

"好了，好了，要不我们陪你去？"成铭说。

"你们不是看过了吗？"她看着我们。

"没关系啊，我们可以再看一遍啊。"

"那好吧，恩准！"到底是舒越，再怎么失落都不会忘了开玩笑。

于是我上网买了三张大光明电影院七点半的《泰囧》的电影票，本来想让许见、马悦他们一起去，但马悦毕竟还在养伤阶段，不宜多动，许见回父母家吃晚饭了，据说父母要和他谈点事，所以只剩下我们三人去看电影，也挺好，女人帮，一起看电影会是一件很享受的事。

吃完晚饭，我们就出门了，舒越开车，我建议坐公车去看电影，因为我担心舒越情绪不好会分心，舒越不肯，一定要开车去。果然，在成都路下了延安路高架后，没有留意到红灯，直接就往前过马路，开到一半才惊觉，赶紧在路中间地方停下，一辆摩托车开过来，因为来不及刹车，冲着我们直接就撞了过来，然后在我们的尖叫声中摩托车和人一起倒下，摩托车上的车罩碎了一地，舒越的车也被撞坏了。我们赶紧下车，把摩托车主扶了起来，摩托车主的脚跌伤了，站不起来。就在这时，一辆警车开来，一位警察很有礼貌地请舒越出示驾驶证和行车证，舒越把包包翻遍了也没有找到行驶证和驾驶证，原来她换了包包了。

警察拍了照，打了120把摩托车主送往医院，然后让舒越把车停在路边，让家里人给她送行驶证和驾驶证来。

"真是祸不单行啊！"舒越一脸的沮丧："要不，你们帮我回去拿一下证。"

"好，我回去替你拿证，你们在这儿休息一下。"

"好吧，那你辛苦了，要不成铭陪你一起去。"舒越苦着脸说。

"不用，成铭在这陪你说说话，压压惊吧。"

"好吧，这场电影是看不成了。"

"没关系，办完了我们看后面电影吧。"成铭答应了。

我下车打出租车，正值高峰时间，等了好半天，根本打不到出租车，于是我灵机一动，步行到最近的二号线地铁口，到了徐泾出了地铁口后再打出租车回许见的别墅取舒越的包包，然后再让同一位出租车司机把我带回徐泾地铁站，我再乘地铁来到南京路，一个半小时后，我回到了舒越和成铭的身边，舒越把两证交给警察，警察看了舒越半天也不肯相信驾驶证上的照片是舒越本人："你看看，这照片上是小眼睛，根本就不是你。"

我替舒越解释说舒越刚整完容，那照片是整容前的，警察还是不肯相信，这样一来事情就闹大了，舒越有了无证驾驶的嫌疑。警察要把舒越带到警局，我们只好陪着一起去。

舒越在警局填了一份又一份的表格，然后警察说，你打电话找人来保释吧。

舒越火了，一把撕了刚填好的表格说："干吗要找人保释，好像我犯了多大的罪似的。"

警察没料到她会这么大火，心想小丫头片子有什么好牛的？就把我们俩撂在了办公室，不理我们了。

舒越气不打一处来，由一场失恋引出的所有的怨气、怒气，一起造就了她的大小姐脾气，又哭又闹的"砰，砰，砰"把门敲得震天的响，我们怎么劝都没有用。

警察见她这么闹，说她扰乱公务，要给她戴上手铐。这一下把我吓着了，我赶紧跟警察求情，说舒越刚刚失恋，情绪不好，请警察大哥谅解。

警察还是不听，说："有没有搞错，知不知道这是什么地方。"

我灵机一动，继续替舒越说软话："警察大哥，那驾驶证确实是我朋友的，她刚整过容，要不我们给你整容医院的电话，你们打过去问一下，她们那儿应该有整容前后照片的对照，让他们把照片发你们看看。"

"这个主意不错，好吧，电话号码？"警察总算愿意采纳我的意见了。

我让舒越把整容医院的电话号码给警察，舒越打开手机，

找出了复光医疗美容院黄医师的电话号码,警察一个电话打过去,黄医师很快就证实了舒越是复旦大学的学生,上星期刚在他们医院做了整容手术,还在第一时间将舒越整容前后的两张照片发到警察的手机上,一场误会才算结束。警察给舒越开了处罚单,让舒越去交钱,摩托车主的医药费要另外再结。

从派出所出来,舒越一脸的倦意,根本就开不了车,我们也不放心在这个时候再让她开车,于是打电话让许见来派出所开车,利用等许见的时间,舒越拉着我进了附近的一家酒吧,她坚持要了一杯KILLER鸡尾酒,这是一种烈性鸡尾酒,很容易醉的。我挡也挡不住,一杯喝下后,她就醉得胡言乱语了。从她的醉话中,我能清楚地感受到她离开麦可的痛苦,她是爱麦可的,一个从小就我行我素的女孩子,当她向环境妥协时的痛楚是可以理解的。

当许见出现在我们面前时,舒越已经醉得不省人事了,没有办法,许见只得背着她上了她的车,深夜的高速公路上已少有车辆了,许见一路狂飙,不一会儿就回到了许见家的别墅。

我和许见一起把舒越扶回了她的卧室,我喂她喝了浓茶给她醒酒,醉梦中的舒越一把搂住我,嘴里不停地喊着:"麦可,麦可!"

那样子真是让人看了心酸。

第二天睡到下午,舒越才下楼,

麦可也来了,他见到舒越什么也没有说,就在背后抱住了她。舒越直直地站着,没有回应他的热情,而是冷冷地说了一句:"麦可,我们分手吧!"说完转身就向楼上走去。

麦可难过地看着舒越的背影,不由地追了上去,拉住了舒越:"越越,越越,你怎么啦?我是来向你道歉的,我承认昨天我说话太直接,让你不高兴了,可是我没有恶意啊。"

舒越回身看着麦可:"对不起,我有点不舒服,以后再谈吧。"

舒越说完就进了自己的卧室,关上了房门。

麦可只得怏怏地下楼。

马悦见状赶紧招呼麦可,让他留下喝咖啡,沮丧的麦可犹豫了一下还是留下了。

马悦问麦可想喝什么咖啡?

麦可想了想说:"拿铁。"

于是马悦用咖啡机打磨了一小杯咖啡,又给咖啡加了牛奶,只轻轻的几下,就在咖啡杯上画出了一个三针形的图案,再用一根金属棒在叶子的中间划过,就有了一片风姿卓越的叶子了。

这个咖啡机和咖啡豆是马悦的爸爸妈妈送给我们的。马悦将做好的咖啡放在了麦可的桌前,麦可大赞马悦的咖啡越做越好了。

"没想到你的身体受了伤,咖啡却越做越好了。"麦可说。

"是啊,任何事情都有正负两面,失恋有时候也不完全是坏

事，会让你对爱情有新的感悟。"马悦趁机开导他。

"对了，你喜欢女孩整容吗？"麦可问。

"本质上不喜欢，不过我也不反对别人这么干。"马悦说。

"舒越要跟我分手，可能是我那天表示不喜欢舒越整容，她不高兴了，就想跟我分手。"麦可苦恼不已："我承认我那天说话让她不高兴了，可我也得有个适应过程呀，你说对不对？"麦可一脸的痛苦。

"舒越要跟你分手，会不会另有原因？"马悦提醒麦可。

"另有原因？我想想，想不出是什么原因啊！"这个傻麦可，一脸的困惑。

"你这次过春节有没有见过舒越的父母？"马悦继续暗示他。

"见过，我和她妈妈一起吃了饭。"麦可说。

"她妈妈喜欢你吗？"

"不太清楚，好像还可以吧，她妈妈没有说什么。"麦可还是没有看出状态。

"麦可，找时间和舒越好好的谈谈，也许你们能重归于好。"马悦鼓励他。

"好吧，我试试。"麦可谢了马悦。

二十五

舒越自从整容后,口味就变得面目全非,那天我们吃晚饭时电视里正在播"美丽大使"比赛,在那一个个漂亮女孩中,竟然看到了舒越,她整容以后真的变成了美女了呢!

我们很是惊讶,舒越什么时候成歌手了?

这个舒越还真会让人惊讶,好好的,怎么就去参加"美丽大使"比赛了呢。

因为不是直播,舒越也在座,于是大家一起问了她一堆的问题:"从来没听说你去参加比赛,怎么没跟我们说?"

"这有什么好奇怪的,本姑娘突然发现了自己在时尚方面的兴趣,决定好好地玩一把。"舒越信心满满地说。

"呀,丑小鸭变凤凰啦!"许见叫。

"去你的,谁是丑小鸭?谁是丑小鸭?"舒越不服气地叫。

"你呀,你不是整容了才变成现在这样吗?"许见逗她。

"整容怎么啦?整容又不犯罪。"舒越不买账:"现在哪个演员没整过容?"

"这世道真是变得快,假的比真的吃香。"许见笑着总结。

"不跟你们说了,你们这些人,一点不善良,看见我上舞台也不为我高兴,嫉妒心太强了。"舒越有点不高兴了。

"我们为你高兴啊,我们是反应跟不上,太突然了嘛,你去唱歌为什么事先也不跟我们打声招呼,我们好去给你捧场嘛。"许见还是使坏。

"我是突然决定的,我一小学的同学拉我去报名参加"美丽大使"的比赛,结果我同学没通过海选,我反倒通过了海选,你们说神奇吧?"

"这没什么奇怪的,你就是有潜质嘛。"我也学着说好话让她高兴。

"对了,我有个决定要先通知你们,别怪我到时不事先告诉你们哦!"舒越说。

"什么事啊?你要上春晚啦?"许见还是笑话她。

"别瞎说,春节不是刚过吗?"

"不对,不对,是上元宵晚会。"许见纠正。

"不理你了,就会捣蛋。"舒越生气了。

"我打算休学一年,晚一年毕业。"她的话像惊雷,把我们一起炸开了。

"你疯啦?还有半年就毕业了,干吗拿自己的前途不当回事。"我提醒她。

"我的前途就是干自己喜欢干的事。因为要花很多时间集中排练,没时间写论文,所以辍学。"舒越说得铿锵有力。

"有腔调,我支持你。"许见没来由地很兴奋。

"你还找工作吗?"我问。

"亲,看你问得多傻,参加比赛就是我目前的工作呀。"舒越笑得很妖娆,自从整容后,她的星味见风就长。

"有道理,我那些表哥堂哥现在都休闲在家不工作了,工作不是人生的必须。"许见又发表怪论了。

"那是你们这些富二代,官二代,躺在爸妈的财富上坐享其成,那叫寄生虫。"成铭也加盟了对话。

"我可不是不工作,我是干自己喜欢的工作。"舒越赶紧为自己辩护。

"没说你。"我安慰她。

"哦。"舒越放心地舒了一口气。

"那你什么时候开始集训?"马悦问。

"明天我就要住到主办方指定的居礼酒店去了,每天在天马乡村俱乐部排练,那里有很独特的水上舞台,那舞台有一个好听的名字,叫"风的记忆",设计师韩立勋是和张艺谋一起为北京奥运会开幕式工作的舞台总设计师,还有27洞的高尔夫球场,高级吧?"舒越骄傲地如数家珍。

"你每天晚上住酒店我们可不放心啊?当心被导演潜规则。"许见使坏。

"别瞎说好不好,哪有什么潜规则,才不会呢。"舒越毫不介意地说。

"这几天,网上天天在说某剧组的演员个个被潜规则了,娱乐圈可不是像你这么单纯的女孩能待的地方。"许见爆料。

"打住,打住,越说越不像话了啊,本姑娘刚刚有机会走上时尚之路,你就这么吓我,什么地居心。"说完自己也忍不住笑了起来。

许见从冰柜里取出一瓶加拿大冰酒,打开,给每个人倒上,然后举杯:"好吧,好吧,我们预祝舒越这颗歌星冉冉升起。"

"借你吉言,干!"舒越倒是毫不谦虚。

许见找来一支大彩笔交给舒越,舒越丈二和尚摸不着头脑地:"干嘛啊!"

许见说:"签字啊,等你不小心一夜之间红遍全球了,再找你签字就难了。"

"去你的。"舒越笑骂,但她还是在他的白衬衣上签上了自己的大名,那字写得龙飞凤舞,显然是练过了。

"哇,你这字进步得可是一日千里啊,找谁练的?"许见存心要逗舒越。

"管你什么事,不告诉你。"舒越故意卖关子。

"那你现在有艺名了吗?很多大明星都有艺名的。"马悦问。

"起过,但还不满意呢,要不你们帮忙想想?"舒越笑。

"让夏雨辰想一个,她出版过好几本书了。"许见把皮球踢我这儿来了。

没办法,我只好开动脑筋:"艺名嘛,要突出艺人的个性,要好念,更要好记,还要特别。"我煞有介事地说。

"果然很专业,快,快,快起一个我们听听。"许见起哄。

"舒悦。"我脱口而出。

"不好,不好,口味不够重,现在这个社会,信息爆炸,得来个重口味的,不然不引人关注。"许见第一个反对。

"那,舒菲。"我说。

"不行,还是不行。雷同,太耳熟了。"

"太没有精神气。"舒越也反对。

"那,红太阳,叫红太阳怎么样?"我突发灵感。

"这个有点意思,不过太直白了。"还是许见的意见。

"你意见挺多的,那你也来一个。"我刺激他。

"我又不是才子,我哪会,还是你来,我们给你做参考。"许见不想打击我的积极性。

"那好吧,我再想想,来个洋名吧,贝琳达。"

大家摇头。

"贝拉丁?"

"……"

"卡洛儿?"

还是摇头。

我有些泄气,但还是继续开动脑筋:"有了,就叫珍尼丝。"

"还是来个中英结合的吧。"马悦建议。

"那好,就叫舒 SUN。"

这下,大家觉得有点意思了。

"还是叫 MISS SUN 如何?"我主动改进。

"好,好,这个好!"大家一致认为超级的好,和 LADY GAGA 有得一拼。

于是,舒越有了一个很得意的艺名。

许见很调皮,他当即就拿了一个麦克风来采访舒越:"请 MISS SUN 给我们谈谈你的从艺经历。"

这个许见,故意玩舒越,她还没有正式入行,哪能有什么从艺经历啊!

不过舒越也不是省油的灯,她稍作沉思就开始了长篇阔论:"是这样的,我的从艺经历可以追溯到我四岁的时候,我们住部队大院,每年夏天我们部队大院都办消暑晚会,每次晚会上,我都是主持人兼演员,我又唱又跳,成了我们部队大院的明星。"

不愧是舒越,这个也算从艺经历啊?

舒越像是看透了我们的心思,为自己辩护:"怎么不算?是义演,零报酬。"

"我们可是要祝大明星将来多多赚钱哦。"许见笑。

"好吧,告诉你们,我一定会成为大明星的。"舒越信心满满地说。

"好,我们可等着享你的福了。"马悦也凑热闹。

二十六

第二天一早舒越提着箱子就搬到酒店去住了,在那里,她要经受严酷的训练,无论是形体、台风,都要经受一场脱胎换骨的提高。

她走后不久,我和马悦完成 TOEFL 和 GRE 考试,由于舒越不在,麦可也不常来了,我们的生活要冷清许多,但也充实了许多,我们很快就习惯了从电视上、网上看她的消息了。

一天,许见突发奇想地请我们去天马高尔夫乡村俱乐部探访舒越的集训,他老爸给他办了这里的会员卡。从小,他爸爸对他施行的就是精英教育:高尔夫、骑马,十四岁就被送到英国接受绅士教育,曾获得亚洲杯少年高尔夫冠军。

天马高尔夫乡村俱乐部位于上海佘山国际旅游度假村区的

中心地带，静卧于佘山宁谧山林之中，水光浮翠，倒映林岚，具浑然天成之自然环境，依山傍水，是上海唯一的乡村俱乐部。

许见是高尔夫高手，从七岁的时候就被他爸带到了高尔夫球场，曾打出 -3 杆，以低于标准杆 4 杆的总成绩获得亚洲杯少年高尔夫比赛的季军。

沿着佘天昆公路，许见的切诺基就开到了俱乐部的大门口，门口站着穿制服的门卫，他们探头看了一下许见，就开动按钮让挡杆高高地举起，还向我们敬了一个礼。许见一踩油门，切诺基就向高尔夫俱乐部的心脏冲去。

许见向我们介绍，天马高尔夫乡村俱乐部有坐落于山景之中的 27 洞的国际锦标级高尔夫球场，分为三个各具特色的独立球场，球道总长为 10 538 码，平坦的球道上绿树成行，湖光山水相映成趣。7 801 码长的新球场，带来全新的自我挑战，可以让球憋足了劲的全速前进。天马球场还配以数个标准五杆洞或三杆洞的绝妙设计，浑然天成。这三个球场充满挑战与变化，满足了所有高尔夫球员的击球乐趣。

这一切，对于从未涉及高尔夫的我和成铭一行来说，也算是接受扫盲教育了。

许见在停车场停好车，在向休闲厅走去的路上，我看到了"非会员莫入"的标记。

舒越她们的彩排是在西餐厅，因为不是周末，又不是吃饭

时间，餐厅里客人不多。一位指导老师在给选手们讲形象设计，舒越也在其中，她看到我们来了，高兴地跟我们招手，但因为正在上课，不便走开，示意我们在一边等她。

我们在西餐厅的一角悄悄地坐下，每人要了一杯果汁喝着看舒越她们上课。

边欣赏边等她排练结束了来接见我们。

那位指导老师据说是业内一位很著名的形象设计师，她很耐心地给选手们讲形象设计的要领，形象设计要从颜色、场合、体型、穿衣搭配等几个方面入手………

一个小时后，指导课才结束。舒越赶紧跑来找我们，一见我们，就叫着累死了，天天从早到晚的高密度上课和训练，每天只能睡四五个小时。

"那你现在打退堂鼓还来得及，回去把论文写了把毕业文凭拿了多踏实啊。"我诱惑她。

"我才不呢，我既然决定来参加比赛了，就一定要坚持下去，我要去拿全国冠军，最好是全球冠军，这样我的人生才有意思。"舒越激情四射地向我们坦白她的梦想。

"你原来不是一直想嫁入豪门当全职太太的吗？怎么现在想当明星了？"我问。

"我如果出了名了不是更容易嫁入豪门吗？你看李嘉欣、林青霞、贾静雯。"

"贾静雯离婚了好伐？"

"那也不管,至少是体验过豪门的生活。"

"我看你是把这种比赛神圣化了吧,这种比赛就是拿了名次,也是像流星一样的一闪而过的。"许见提醒她。

"我不管,我就是要闪一下,谁能肯定我不会一夜成名呢?!"

这个舒越,真有野心。

我们在西餐厅用了餐,舒越请客的,她老爸是高官,有钱得很。

用过餐,许见就带我们一行去高尔夫练习场练球,他的发球姿势非常的优美,起杆、抽球,一气呵成,很有范。

我有点跃跃欲试,于是许见为我挑了一根7号球杆,他说对新手来说,使用7号球杆是最方便,最能保证精确度,在高尔夫球场,发球的精确度有时比距离更重要。

他手把手地教我如何握杆,如何调整站姿,如何挥杆,如何发球,如何转身,让我受益匪浅,真正地体会到高尔夫球确实是技术活。

在一长排的发球场,有好几位五、六岁左右的少年在家长的教授下练习发球,居然还练得有模有样。我想,这大概就是所谓中国的精英阶层,或者说是富裕阶层对后代的特殊训练吧,一切从娃娃抓起,这一切无声地告诉大家:他是有钱人,他是上等人,至于他们能不能对社会承担更多的责任,就不得而知了。

一个小时后，我居然打了四框球，最远的球也能打到100米了，许见夸我很有天赋，第一次打这个距离算是很了不起了，被他这么一夸，我还真是高兴。

马悦因为伤还没好，一直都在一旁安静地看着我打球。舒越因为随父亲打过几次球，所以就自己到果岭上练推杆去了，一个人也玩得有模有样，居然时不时地打出些小鸟球和老鹰球。

打完球，舒越带我们去室内游泳池游泳，天马乡村俱乐部拥有水质优良的全天候室内恒温游泳馆，让会员一年四季都能享受游泳的乐趣。此馆分为三个部分：标准池、儿童嬉水池和养生水疗池。三个泳池都有水底照明设备，且水温全年均保持在28摄氏度以上，可供会员随时享用。此外，这里还配备有专业的游泳教练和游泳课程，可进行1对1或1对多的专业教学。

我们在休闲馆买了泳衣，在泳池里游了近两个小时，马悦虽然不能游泳，但在养生池里躺着倒也让他的腰得到了按摩，我们每个人都游得酣畅淋漓。

游完泳，我们又是去湖边看舒越和选手们在"风的记忆"水上舞台进行形体训练。

我们来到湖边，只见绿色的湖水中，白色的"风的记忆"舞台像一叶被风翻起的纸，浪漫十足。

我们在餐厅外的露天阳台上坐下欣赏这湖光山色。

舒越和二十几位歌手在台上进行着严格的训练，她们穿着演出服被要求一遍又一遍地走台，看得出来，舒越已经疲惫之极。

"哇,魔鬼训练啊,没想到在台上那么光鲜的歌手原来训练是这么苦啊!"成铭首先发表出感叹:"舒越好好的大学生不做,来参加选秀,真是志向高远啊。"

"其实在国外,时尚界大部分的从业者生活并不容易,只有少数的从业者才有很高的收入。"马悦向我们解释。

"我想舒越不完全是为了高收入才想去当歌星的,她是在追求生活的精彩。"我最了解舒越了,她做梦都喜欢被别人仰视的感觉。

来露天阳台上喝咖啡的人多了起来,大多是刚打完了球的会员,其中不少是老外。个个神清气爽气场十足的样子!

就在排练快要结束的时候,舒越的一个舞蹈动作没有做好,在转圈时重重地摔了一跤,她疼得一下子爬不起来,我们赶紧跑过去,只见她咬着牙,捂着小腹,对我们说了一句:"快送我去医院。"

许见二话不说抱起她就送到自己的车上,我们一行也立即上了车。车子沿着G1501一直开到了位于青浦的青城医院,医生检查后,告诉我们,舒越流产了。

"怎么又是流产了?谁的孩子?"许见问。

"当然是麦可的了,笨蛋!"成铭骂他。

"她怎么就怀孕了呢,他们不是分手了吗?"许见还是自言自语。

"分手才一个月,当然是一个月以前的了。"成铭继续骂他。

我和马悦都一时说不上话来。

医生告诉舒越,要休息半个月。

舒越让我们不要告诉其他人她怀孕的事,她说她每一天的训练都很关键,她不能休息。

"你不要命啦,你太不爱惜自己的身体了。"我终于忍不住了。

"我现在没有退路了,你懂吗?我再不抓住这次机会,恐怕这一辈子都没有机会了,再说我都已经休学了,指导老师说我很有潜力拿名次的。"舒越泪眼婆娑地回应我,从她的眼神里,我知道我们怎么劝她都没用的。

一个月后,舒越如愿进入了十强,我们都被迫成了她的粉丝,天天在网上给她投票。

有什么办法呢,谁让她是我们的铁杆朋友呢?

我们不仅自己给她投票,还把周围的朋友、同学、七大姑八大姨、小侄女小侄子都动员了起来。我们像上了发条似的天天在网上给她拉票,把QQ群、微信群、微博群、人人网、FACEBOOK甚至豆瓣群里的人都发动了起来,真正做到了不放过任何一个可以争取的人。

舒越每当休息的时候就给我们发微信,主要是遥控我们投票的情况,也发一些训练的照片给我们,形体训练非常的残酷,看得我们惊心动魄。想到舒越流产后一天也没有好好的休息,不禁为她捏了一把汗。

一个月以后,舒越居然进了五强,又过了一周,舒越居然拿到了冠军。

一时间,大报小报,电视上网上手机上随处都能看到舒越捧着奖杯的大写真,可谓红极一时。

走红以后,舒越再也没有时间回来和我们一起住,而是被经纪公司安排不断地参加各种各样的商业活动和品牌代言,那段时间,舒越在网上的曝光率比林志玲还高。

就在舒越大步跨入明星行列的时候,有一天舒越哭着回来了。网上出现了舒越是人造美女的消息,网上还贴出了许多张舒越整容前后的照片对照,网上有人尖锐地指出,"美丽大使"大赛的宗旨是纯洁、优雅、自然,为什么会出现舒越这样的人造美女。更雪上加霜的是,舒越的鼻子歪了,原因是鼻子里的填充物引起了鼻子发炎,其形象真是惨不忍睹。经纪公司的工作受挫,为此和她解除了合约。舒越一下子被打回了原形。不对,她回不到原形了,由于她没时间准备论文,她的论文答辩没有通过,因而影响了她拿学位。

"你也真是,整形这么大的事也不会找家信誉好一点的,怎么对自己这么不负责任。"许见怪她。

"好了,你别说了,我陪你去第九人民医院吧,听说那里的整容手术不错。"我说,舒越只有点头的份。

说干就干,许见开车,我们直奔第九人民医院,医生诊断

后告诉我们，不是每个人的身体条件都适合整容，因为有些人会对填充进去的材料过敏，所以整容一定是一件非常需要慎之又慎的事情。

舒越听了后悔不已，早知这样何必当初。

我问是不是后悔当初整容了？

舒越说不是，后悔当初没有到第九医院来整容。

这个舒越，真是服了她了。

"美丽在你这儿有那么重要吗？"我问。

"美丽对每个女人都很重要，在韩国，很多家庭在女孩十八岁的时候就送她一份价值不菲的整容卡。"

"真的假的？韩国女孩太可怜了，到了十八岁就要挨刀子啊？"我感叹。

"当然是真的了，网上到处都写着呢。"

"这个时代怎么啦？我外婆的时代，女人很痛苦，要裹小脚，现在倒好，女人们小脚不用裹了，却得在自己身上动刀子，这女人有完没完。"我发出深深的感叹。

"说实在的，一切都是男人惹的祸，他们就喜欢美丽的女孩，所以女人只好赴汤蹈火的去整容了。"这个舒越，什么逻辑。

"我妈说，真正的力量来自内心，女人可以因为内在的力量而魅力无穷。"我说。

"你妈那是什么年代了，你妈年轻时中国人有美容业还没有整容业呢，大家都不整，也就无所谓啦。哪像我们这代人，大街上走着那么多的人造美女，我们不整容的就亏大了。"舒越还是雄心不改。

马上要去手术了，医生问谁签字，我看了看舒越，舒越豪爽地说，她自己签。

舒越是在两个小时后被推出手术室的，由于麻醉药性未过，舒越一直处于昏迷中，我随着护士将她送到病房，她的半个脸都被纱布包裹着，看上去惨不忍睹。

我不禁悲观地想，如果女人不整容，真的会和幸福失之交臂吗？

这真是一场讽刺，舒越因为整容而休学投身于时尚界，却因为整容失败而失去了事业。更有戏剧性的是，舒越拿冠军被曝是她爸爸花巨资贿赂了大赛组委会，于是关于公务员为何有那么多钱的话题又在网上讨论开了，继而有网友人肉搜索，居然发现了他爸爸名下拥有二十套房子。这一来，事情闹大了，舒越的爸爸很快就被停职审查。

得知这个消息是在舒越退出时尚圈的两个月以后，没有经纪公司给她工作，又不能马上恢复学籍去上课。舒越只好在爸爸的介绍下去一家银行当客户代表，她爸爸东窗事发后，银行就找了一个借口就将舒越打发了。舒越气愤之极，大骂银行的老总势利眼。

舒越灰头土脸地回到了许见的别墅，经历了种种打击的舒

越很快就变得沉默寡言了，渐渐地我发觉她不对劲了，说话做事反应很慢，有时候呆在房间里一天都不说话，有时又歇斯底里的痛哭不止。

我们感到了事态的严重性，我们想告诉她的家人，但她的爸爸在接受审查，妈妈自己则情绪很不稳定。

于是我们想送她去看心理医生，但她坚决不肯去。

她的症状越来越严重，于是我们背着她去咨询了心理医生，医生说，她得了忧郁症。给她配了百忧解，但是她拒绝吃药。

医生说有一种积极的治疗方法是旅行，让她忘掉所有的痛苦。于是我们决定放下手中所有的学习和工作，陪她去进行一次旅行。

那么去哪里呢？

医生建议要去跟她现在的生活反差大的地方。

马悦出主意："去非洲，去肯尼亚吧，舒越过去不是好几次说过想去看动物大迁徙吗？相信肯尼亚波澜壮阔的动物大迁徙一定会给她的心灵带来强烈的震撼。"

我们查了一下，去肯尼亚的签证倒比较好办，只要十个工作日就可以了，但是我们在网上查了一下，发现去肯尼亚最好是六至十月份去。动物大迁徙就是在那个时候。

舒越说她想去西藏，她说只有西藏才是她现在最想去的地方。

于是我们决定去西藏。许见说开他的车去，从上海出发，沿着318国道可以一直开到西藏。全长5000多公里，一路上尽是大好的风光，离318国道不远就能见到长江口、钱塘江、西湖、太湖、黄山、庐山、鄱阳湖、洞庭湖、天柱山、神农架、三峡、张家界、武陵源、黄龙洞、峨眉山，再向西，有平时无缘欣赏的雪山冰川：贡嘎山、海螺沟千米大冰瀑、折多山、雅拉雪山、稻城等。总之，风光无限好啦。作为在北纬30度地区为数不多的大通道，是连接了中国最多的省份的公路。也因为其自然景观的丰富多彩而被称为中国的景观大道。在2006年的《中国国家地理》杂志中对于318国道作了全面而深入地介绍。

我跟他提议这么长的距离开车会很累，而且一路上山高路险，安全也是个问题。我们也可以坐飞机去。舒越也会开车，但由于她身体的状况，可能不适合开车。

许见说没关系，可以开开停停，边走边看，这样就不会太累。再说一路上还会碰到很多自驾游的人结伴而行，就不会认不得路了。

好，那就自驾游，除了看西藏，一路上还可以看许多地方。我们一致决定。我准备带上家里的高清摄像机，顺便拍一部西行的纪录片。这台摄像机是妈妈出国前买的，妈妈一直想去拍纪录片，但由于时间的关系一直没怎么用，现在我拿来用就最好了。

马悦的身体还没有完全的好，他怕一路颠簸会连累我们，主动提议自己留下，如果他伤势恢复得好，等我们到了一个固定的地方他再坐飞机和我们会合。我问他一个人在家行不行？要不要我也留下陪他。但马悦坚决不肯，他说舒越是我的闺蜜，她在精神上需要我，我去对她的健康恢复是最好的。他说他身体的状况已好了许多，现在自己照顾自己已经没有问题了。

于是我、许见、舒越和成铭准备择日就出发，出发前，我瞒着舒越打电话问麦可愿不愿意跟我们一起去旅行，因为我觉得就舒越目前的状况，爱情是疗伤最好的处方。

麦可告诉我，他已经有新的女朋友了，问是不是可以带上他新的女朋友？

我当机立断地否定了。

我把麦可的情况告诉了马悦和许见，许见说老外就是这样爱得快去得也快，哪像我们中国男人对女朋友一片衷情无怨无悔的。

我问许见出去旅游就不能去公司实习了，会影响他被公司录用，他会不会后悔。许见说不会后悔，没有任何一个工作比拯救一个年轻生命的健康更重要。

对于这次出游，舒越显然是很期待的，出发的前几天，她就打理好了自己的行李。

出发前，许见将切诺基送到4S店进行保养，将车子调整到最佳状态，而我则去买了录像带和许多吃的东西，还给马悦买了足够吃两个星期的食品。

我们的论文都还没有写好，于是又带上电脑，我和马悦的

TOEFL 和 GRE 的分数都下来了，都考出了高分，接下来就是要选学校了，我和马悦约定，只报美国前五名的学校。希望这一路西行都能上网。

我们还带了两个 GPS，因为听说 GPS 很容易坏。

出发的前一天晚上，成铭突然接到母亲生病住院的电话，于是成铭只得十万火急地赶到医院。面对这样的局势，马悦决定和我们一起去，因为他觉得得忧郁症的人很容易产生自杀的冲动，他怕仅我和许见两个人看不住她，多一个人总会好一些，我没有办法反对，许见在后座椅上填了很厚的毛毯，好让马悦一路上尽量的躺着。

于是我、马悦和许见还有舒越一起出游了。

二十七

许见的切诺基终于带着我们出发了,为了能保护马悦还未完全康复的腰伤,我让舒越坐在副驾驶员的位置,我坐后座,以便让马悦能靠着我躺下。

许见的切诺基从延安路高架一直沿着G50开到了朱家角的收费站,虽然不是节假日,这一段路还是有些堵。出了收费站,许见就往沪青平公路也就是318国道开去,堵车的现象才好了许多。许见告诉我们:"上海和通往外省的高速公路的对接是有问题的,美国的高速公路都是直接通到市区的,所以不堵车。上海通向市外的高速公路是集中的,所以会堵车。上海的高架桥的设计也有问题,很多高架的口子都是先上后下,人为的造成堵车。还有马路的路标也是,转弯道一会儿在右,一会儿在左，一会儿又到了中间。"

又开了几个小时，切诺基的时速被许见无意中拉到了 160 码，我赶紧让他慢下来，因为这里的限速是 100 码。

由于离开了上海，我们的视野明显地开阔了起来。国道两旁的高楼大厦不见了，取而代之的是一排排的广告牌在顽强地挑战着我们的视线。看得最多的是刘嘉玲的家饰广告，那性感的睡姿让人很容易浮想联翩。

离开了上海，舒越的情绪明显地放松了许多，话也多了起来。她甚至主动跟我们讲起了她爸爸的事。

"你们相信吗？我爸爸去给大赛组委会塞钱的事我一点都不知道，我一直以为自己是靠实力才拿了冠军的，如果知道他在背后使劲，我是宁愿不要拿冠军的。"舒越说这些话的时候，眼睛一直都看着窗外，她已经有半个月没有开口说话了。

"我们了解你，知道你的人品，不然怎么会陪你一起去西藏呢！"我安慰她。

"会不会有人搞错了，你爸根本就没有贿赂大赛组委会，是他们故意炒作。"许见说。

"我跟我爸吵架的时候，我爸承认了，他说他是为了爱我，其实他是在害我。"舒越坦言。

"我看你爸是当官时间当长了，有些忘乎所以了。"许见一针见血地指出："我爸自己办企业已经二十多年了，和官员打了二十几年的交道，他说就一个字'累'，一些官员要么官腔十足,要么贪心得狠,一顿饭可以吃掉十几万,还公然说:我不贪来当领导干什么?我爸说这些人早晚会出事的。"

"我爸可不是这样的,我从来没见过他跟别人要东西,他一向热心帮人。"舒越为父亲辩解。

"你装吧你,你父亲要像你说的那样他能有二十套房子?他一个公务员哪来的那么多钱。"许见一针见血地说。舒越这才哑口无言。

"也就你爸傻,搞那么多套房子干什么?又不能吃又不能装口袋里,现在有钱人都买字画买古董,银行里搞个保险柜一放,又能升值又隐蔽,神不知鬼不觉。"

许见到底是见多识广。

"我也搞不懂我爸怎么就那么傻,搞那么多房子干吗?我是个女孩,我也花不了多少钱。"舒越恨铁不成钢地说。

"还好你妈跟你爸离婚了,不然的话也脱不了干系。"我说。

"是啊,其实现在想来就是因为我爸有太多的钱,然后就圈养了好几个小姑娘,我妈知道后就跟他离了。"舒越爆料。

"还是你妈聪明,她也不贪你爸的财,才保住了自己的清白。"许见说。

"说得是,我妈是很特别。"舒越终于找到了一个自豪的理由。

"你们发现吧,我们现在的父母都有一个需要断奶的问题,他们就怕我们活不下去,总喜欢替我们大包大揽,恨不得把我

们下一代的生活费都给准备好,殊不知这其实是在害我们呢。"许见深有体会地控诉。

"确实确实,我爸对我说过好几次,问我想干什么?只要我想干什么,他都能满足我。"舒越情绪激动地说。

许见和我对视了一下,仿佛在说:"你看,找到打开她心门的钥匙了吧?"

我赞许地点了点头。

"你爸爸的事既然已经发生了,你就要想开点。我妈常说这是因果,有因就有果,所以我们平时做人做事要注意检点。"我试图劝舒越。

"有时我想,如果没有我,我爸就不会搞那么多的房子,犯这样的错误,就不会被抓进去了,又或者,我不去整容,不去参加"美丽大使"的比赛,我爸也不会去贿赂组委会,是我害了我爸,是我害了我爸啊!"舒越说着说着又哭了起来。

我赶紧安慰她:"你不要多想了,没有你,你爸也会犯其他的错误,关键是他个人的修炼不够,你妈跟你爸离婚,肯定还有其他的隐情,只不过你不知道罢了。你没有做错什么事,所以你没必要背负这么大的罪恶感。"

"可是他是我爸,我该怎么来帮他呢?"舒越还是哭。

"你帮他最好的办法就是好好的生活,让你爸放心,如果你爸知道你整天以泪洗面,你爸才会担心呢。"马悦劝她。

我们就这样一路走,一路劝,尽量的让她多说话。

经过整整一天的行驶，我们经过青浦、浙江省的湖州、长兴、安徽的广德、宣州、南陵、青阳、贵池、安庆、怀宁、岳西、湖北的英山、罗田、新洲、黄陂，来到了武汉，我们事先在这里的莫泰168订了两间房，打算在这里住上一天，让许见休息一下，也正好可以好好地玩一下黄鹤楼，我曾看过我爸妈二十几年前来这儿度蜜月时拍的照片，很漂亮。

黄鹤楼位于武汉市蛇山的黄鹤矶头，与湖南的岳阳楼、江西的滕王阁并称江南的三大名楼，素有"天下江山第一楼"的美誉。

相传始建于三国时期，历代屡毁屡建。现楼为1981年重建，以清代"同治楼"为原型设计。主楼高49米，共五层，底层外檐柱对径为30米，中部大厅正面墙上设大片浮雕，表现出了历代有关黄鹤楼的神话传说；三层设夹层回廊，陈列有关诗词书画；二、三、四层外有四面回廊，可供游人远眺；五层为瞭望厅，可在此观赏大江景色；附属建筑有仙枣亭、石照亭、黄鹤归来小景等。黄鹤楼是闻名中外的名胜古迹，它雄踞长江之滨，蛇山之首，背倚万户林立的武昌城，面临汹涌浩荡的扬子江，相对古雅清俊晴川阁，刚好位于长江和京广线的交叉处，即东西水路与南北陆路的交汇点上。登上黄鹤楼，武汉三镇的旖旎风光历历在目，由于这独特的地理位置，以及前人流传至今的诗词、文赋、楹联、匾额、摩崖石刻和民间故事，使黄鹤楼成为山川与人文景观相互倚重的文化名楼，素来享有"天下绝景"和"天下江山第一楼"的美誉。

唐代诗人崔颢的一首"昔人已乘黄鹤去，此地空余黄鹤楼。黄鹤一去不复返，白云千载空悠悠，晴川历历汉阳树，芳草萋萋鹦鹉洲。日暮乡关何处是，烟波江上使人愁。"已成为千古绝唱，更使黄鹤楼名声大噪。

马悦因为不方便走路没有和我们一起游黄鹤楼，而是在宾馆上网写论文。我们一行三人登上了楼顶，极目远眺，顿觉心旷神怡，我拿出爸爸妈妈当时在这里的留影，让许见用他的单反机给我和舒越也拍了一张。

舒越不再像原来那样活泼好动笑容满面了，而是异常的文静，连笑容也变得淡淡的，我知道，她正处于人生极大的阴影之中。

在第五层楼上，舒越神情恍惚地看着远方隐约的山峦，她说她有一种想飞出去的错觉，我真担心她有跳楼的冲动，赶紧拉着她下楼。

也许是天气够暖的关系，花园里已经有樱花盛开了，粉色的花朵，有一种让人惊艳的感觉。

我拉着舒越让许见左一张右一张地给我们拍照，就是想让她高兴起来。

舒越是个聪明的女孩，她当然明白我的用心良苦，开始总是尽量地配合我拍照，但渐渐地就不高兴陪我拍照了，她称累

了就想早点回宾馆。尽管这样很扫我的兴,但我还是能理解她情绪的突然低落,这是忧郁症患者常见的病症。

后来我才知道,舒越因为选秀期间流产没有好好的休息落下了病根,身体非常的虚弱,还经常头晕、腰酸背疼。

于是我们只玩了一个小时就回到了宾馆。

吃完午饭舒越就沉沉地睡了一觉,我一刻也不敢离开,一边严严地守着她,一边在电脑上完善自己的毕业论文,我毕业论文的题目是:中国中小企业的融资现状及对策研究。

两年前我曾在从欧洲旅游后回上海的飞机上认识一位常熟的私营老板,她和她的旅游团的成员每人都买了十几个 LV 皮包,我问她为什么要买那么多?她说送人的,其中是送一些银行的老总,她说现在中小企业贷款非常的艰难,所以需要搞好关系,当她知道我是金融专业的学生时,她告诉我,她们现在大部分都是私下募集资金,所以风险非常大。她是一位非常传奇的人,她祖籍浙江农村,十六岁时带着二十元人民币来到了上海,通过去豫园批发做小生意起家,如今已是几个亿的富婆了,她们在常熟有一个浙江协会,专门在圈子里私募资金以投入生产,几千万的资金借来借去连个合同和借条都没有,都是靠互相之间的信任。

可是,仅仅过了一个月后,她们中的一位老板携款逃到了国外,她们这个群体这么多年建立起来的信任如多米诺骨牌顷刻就倒下了。

由此，我对我国中小企业的融资问题进行了一系列的调查和研究，找出了一些值得实验的方法，比如，成立中小企业管理局，为中小企业进行投资，但可适当提高1至2个百分点的利率。

论文的实证部分都已完成了，接下来要做的是可行性分析，于是我决定利用旅行中的边角料时间来完成这些工作。

舒越睡得很不安稳，好几次在梦中惊叫，每当这时，我都会去拍拍她，并对她说几句安慰的话，她就会像婴儿般的沉沉睡去。

和舒越认识近三年半以来，她给我的印象很奇特，很灵动。刚进大学见到她的时候，我们俩因为是同一寝室的同学，且因为都是上海学生，就自然而然的结成了一对。另外两位室友是来自外地的学生，我们的关系也处得很好，但最亲密的还是舒越，她是那种非常活泼非常的有创造力非常的闹，同时又非常善解人意的女孩，我们在一起只有欢乐，从来没有不开心过。到了大四以后，由于她爸妈的离婚战，把她直接催熟了。她比原先安静了许多，少了一些男孩气，多了一些淑女的味道。

第三个阶段是她遇到麦可，突然间就变成了妙龄女郎，风味十足。再后来就是她选秀以后了。大起大落的人生在短短的两个月内完成，对其内心的冲击是无比巨大的，硬是把一个活泼俏皮的女孩变成了一个沉默寡言的人。

舒越的这些变化很让我心疼，随着她的变化，我也从一位

羞涩的女孩子变成了会照顾她的大姐姐。

舒越睡到下午四点才醒来，马悦和许见也一直在房间里写论文，舒越起床后，我们一行四人开车去汉正街解决肚子问题。那里的小吃很有名，首选的自然是热干面，味道非常纯正，入口滑而不腻，里面添加了他们自制的红萝卜，可以说算得上是武汉一绝，店主是一位三代热干面的继承人。老板娘把黄澄澄圆滚滚的面条跟脆生生的豆芽一起盛在竹漏勺里，放进汤里烫了一烫，捞出来再浇上芝麻酱，拌了些葱花，一碗香喷喷的热干面就做好了，我们每人一碗，吃得很开心，味道非常的好。

吃完晚餐，许见开车将武汉市又逛了一下，经过江边的时候，可以看到夜晚的长江大桥灯火辉煌，映红了江面。

"哇，现在外省的景观一点都不输给上海啊！"许见感叹。

"现在世界大同了，很多地方的差距都缩小了，中国和国外的差距也缩小了。"马悦补充，只有舒越一副打不起精神的样子，默不作声。

许见车上的手机响了起来，许见按了免提，于是我们全车的人都能听见电话里的声音，打电话来的是他的妈妈："你在哪呢？你公司里的人说你不去实习了？"

"妈，我已经结束实习了。"

"为什么？你不是想进这家公司吗？想进这家公司的人很多，竞争很激烈的，你不实习了，就有可能被人挤掉名额。"这是他妈妈话筒里的声音。

"妈,你这是哪门老掉牙的观念了,凭什么我就非得进那家单位,我现在不想进那家单位了。"许见不耐烦地说。

"这么好的单位你不想进你到底想进什么单位?你以前不是一直说想进这家公司的吗?你爸的公司你又不想干,你到底想干什么?真是服了你了。"许妈妈显然不高兴了。

"妈,我已经是大人了,我自有自己的打算,你就别操心了,你管好我爸就行了,啊!"

"你这孩子,真是越来越不听话了,你今天给我回家一趟吧,你爸也有话要跟你说。"这是许妈妈的声音,许见向我们做了个怪脸,我们面面相觑,不知道许见会怎么应对。

"妈,我现在来不了,我在外地呢。"许见无奈地实话实说。

"什么,你去外地了?你怎么不跟家里说一声就去外地了?你这是去哪?"许见妈妈紧张的大嗓门把我们的耳膜都要震破了。

"我要告诉你们我还能出来吗?妈,你儿子已经成年了,你们别老是管头管脚的,我自己的事我心里有数,不用你们操心。"

"你这儿子,真是越来越不像话了,你能不让我们操心?都几岁了,连女朋友也没给我们带一个回来,我们给你介绍的你又不要,真不知道你是怎么混的,我们家的条件又不差,尽想着不靠谱的事,你是不是还想着那个叫什么雨的同学?人家不是有男朋友吗?你怎么这么没有出息?"

许妈妈的话还没有说完,许见就"啪"一下关上了电话,我们全车的人吓得说不出话来,许见的车更是打了个S,吓得他一脚踩下刹车,车子凭惯性往前冲了一下停下了。马悦差点从车后座上摔下来,幸亏有保险带系着。

"对不起!"许见跟我们打了个招呼,就再也不说话了。

车子里一下子沉默了下来,各人想着各人的心思。

"许见,你不是有成铭吗?你干吗不告诉你爸妈?"还是我首先打破了沉默。

"我干吗要告诉他们,要是让他们知道了,我的耳根就不得清静了。"许见闷声闷气地说。

"他不告诉是因为他根本就不喜欢成铭。"舒越突然说话了,把我们又吓了一跳。

"别瞎说,谁说我不喜欢成铭的,我们好着呢。"许见说。

"别装了,别以为那天你们吵架我没有听到,你们已经分手了,还装什么装。"舒越又恢复了原来的伶牙俐齿,一瞬间,那个说话不打弯的舒越仿佛又回来了。

"那有什么,谈恋爱,分分合合很正常嘛。"许见被迫承认了分手门。

"怎么就分了呢,你们不是很好的一对吗?看你们打打闹闹的,多合得来啊,怎么就分了呢,一定是你欺侮人家了是不是。"我对一下子陷入的尴尬有些不知所措。

"不谈我的事了好不好?我妈就那脾气,不理她。"。许见息事宁人地说。

不一会儿,许见车上的电话又响了起来,许见接通了电话,许见妈妈不满的声音扑面而来:"刚才怎么线断了,你这小子,敢挂你妈的电话了,你给我赶紧回来。"

"妈,刚才是自己断线的,不是我挂的,这不,我刚想给你挂过去呢,你这就打来了,妈,你这叫神速啊。"

"别贫嘴,我问你,你到底回不回来?"这是许妈妈铿锵有力的声音,气场十足。

"妈,你饶了我吧,我这都已经在千里之外了,怎么回来?你放心吧?我忙完了事自然会回来的,你就别瞎操心了。"许见说完又挂了电话。

"嘿,我妈在单位当领导,在家也习惯当领导,真是拿她没办法。"

许见的妈妈是某机关的一位副局级干部,据说他爸爸的公司就是因为有他妈妈的社会关系才办得如日中天的,在当下,这种官商结合公私结合的家庭被视为珠联璧合。

"我们回去吧,我不愿意你为了我的事让你妈不高兴。"舒越冷静地说。

"没事,不理我妈,我要回去了日子也不好过,她会把我烦死的。"

"我们回去吧,我不要你为我牺牲。"舒越说着说着又哭了起来。

"舒越你别闹了好不好,我已经被我妈烦死了,你要再闹,我的头都要炸开了。"

"我哪里闹了,我是不想让你为难,我就知道你烦我,看不起我,你一直都看不起我。"舒越又哭了起来。

"我哪里有看不起你,我的姑奶奶,我的大小姐,你爸当那么大的官,我哪敢看不起你,从中学的时候起,你在我眼里就是女神,女神你懂吗?就是那种高高的挂在天上被人仰视的那种。"被许见这么一说,舒越这才不作声了。

这期间,马悦始终不发一言,我知道,马悦生气了。

回到宾馆,马悦把我叫到门外,请求会谈。我不放心舒越一个人待在房间里,就跟他说明天再谈吧,他不说我也知道他在为许见妈的电话生气呢,会谈的结果只会是吵架。

我觉得今天每个人的情绪都过于激动,我希望大家都能冷静一下。

"可是我今天晚上一定要跟你谈一谈,不然的话我会闷死的。"现在轮到他一根筋了。

"那好吧!"于是我们来到宾馆的大厅,在这里我可以注意到进出的人,我担心舒越会一个人出去。

"谈吧,什么事啊,十万火急的样子。"我看着马悦紧张兮兮的样子很想笑。

"我不说你也应该知道,成铭是怎么回事?她妈妈为什么突然生病?她为什么突然决定不一起来了?"马悦咬了咬牙,终于

发问。

"你这是怎么啦？没发烧吧？是不是身体不舒服？"我觉得好笑，摸了摸他的额头。

"不许转移话题，请诚实地回答。"我发现，自从马悦受伤以来，他变了，变得不像原来那么自信了，尤其是在我和他的关系上。过去那个任凭风吹浪打，我自岿然不动的气势没有了，而是变得越发的多疑和不安。

于是我决定就这件事情好好地跟他谈一谈。

"马悦，成铭是因为妈妈突然病了才回去的，这事你不是知道吗？"

"可是我觉得事情没有那么的简单，我觉得成铭跟许见分手了才回去的，那天晚上我听到成铭和许见在园子里吵架的，她妈妈病了只是一个幌子，因为我发现她把自己所有的衣服都带回去了。"这个马悦，观察还挺仔细的。

"那么你是因为不放心我和许见才决定带伤来旅游的是吗？"我有些生气。

"当然不全是，我也关心舒越，也不想轻易地放弃和你们一起旅行的快乐！"马悦立即为自己辩护。

"那你认为成铭回老家和我有什么关系呢？"我问。

"我不认为完全跟你有关系，但是我就是想知道，我在你心里的位置如何？"马悦底气不足地问。

"这是两件不同的事，你不要混为一谈好不好？你在我心里的位置当然是无人可比的,这你应该知道啊!"我认真地告诉他。

"这是真的吗?"

"当然是真的。"我肯定地点点头。

"那好吧,我向你道歉,我刚才怀疑你不爱我了,因为我开始决定不和你们一起旅游你也没有积极鼓励我,我还以为你已经不在乎我是否陪在你身边。"

我有些哭笑不得地说:"你怎么这么说呀,我不是担心你身体吗?我怕你的伤稍微好了一些又复发,所以觉得你不来也能接受。"

"这是你最最真实的想法吗?我现在来了你高兴吗?"

"当然高兴了,傻瓜,我知道你心里为什么不爽,是不是许见妈刚才在电话里说的话是不是?其实我和许见坦荡得很,我们是很好的哥们关系,永远都是,好不好?"我干脆给他捅破了窗户纸。

马悦不好意思地傻笑了:"我也没这么想。"

我点了一下他的前额:"你呀,别不好意思了,装吧,装吧,再装就不理我了。"

马悦"嘻嘻"地傻笑。

我站了起来:"现在我可以回房间睡觉了吗?明天一早还要出发呢!"

"好吧,我们回房吧!"马悦也站了起来。

我们回到了各自的房间,给门上了保险,然后轻手轻脚地上床,舒越已经睡了,我不敢惊醒她,但我也不敢睡得太沉,我还得关心舒越半夜会不会开溜。

"你和马悦的谈判结束了?"舒越突然发出了声音,把我吓了一跳,我还以为她睡着了呢。

"你现在是不是特得意,一手拽着马悦,一手拽着许见。"她阴阳怪气地说。

我无限惊讶地看着她:"你说什么?我没听明白。"

"你现在是不是特得意,一手拽着马悦,一手拽着许见。"她提高了声音。

"舒越,你怎么会这样想呢?我跟许见什么事也没有啊!"我感到了事情的严重性。

"你的高明就在于不对别人表白什么却能把对方的心死死地抓住,你还能说你们什么事也没有。"舒越变得尖刻了。

"舒越,你别七想八想的,不是你想的那回事,许见和我一直是朋友,他妈妈不理解,误会了。"我之所以开脱,不仅仅是为了我和许见,更是不想让舒越再误解什么。

"你别以为我什么都看不出来,我心里明镜似的,我们俩是好姐妹,形影不离,但我却一直做你的影子,我喜欢马悦,马悦对我不以为然;我喜欢许见,就连许见也不把我当回事。我承认,我长得不好看,我去整形,我整形总可以吧?可结果怎地?他们俩还是不喜欢我,我白白地挨了刀子,却把自己的鼻子也弄歪了。就因为我长得不好看,老天就这么的捉弄我,让我生不如死。"

"舒越。"我开了灯,大家看清楚一些的比较好:"舒越,看你说的,世界上不可能百分之百的人都喜欢你,但也不会百分之百的人都不喜欢你,只不过适合你的菜不是他们两个,一定有其他人最适合你,是可以和你彼此恩爱共度一生的人,你那么的活泼那么的开朗,你是因为最近不太高兴,才不爱说笑的,喜欢你的人多得是了,不是也有同学通过我给你递约会纸条的吗?麦可不是很喜欢你吗?只不过是你自己不搭理人家了,不是?"

"麦可是我先不理他的,可他都懒得听我解释我为什么不理他,他也不等我,才多长时间呢,就另找新欢了,那天你和许见、马悦说的请他一起来旅游的话我都听见了,其实我早些日子也找过他,我希望通过他把我从苦难中解救出来,可他根本就无动于衷,哪像许见,你不理他,他还一直惦记着你。"舒越的眼泪流得稀里哗啦。

"麦可是老外啦,当然跟中国男孩不一样啦,再说总是你先不要人家的,不能怪他啦,你好好的高兴起来,你活泼可爱的样子不知迷倒多少人了呢。"我竭力地安慰她。

"其实我活泼可爱的样子都是装出来的。"舒越说,她的声音吓了我一跳。

"你瞎说什么呢,我跟你认识那么多年了,你一直都非常的

活泼可爱的，这怎么是装的呢，装的话能装那么久吗？"我心里着急，感觉舒越开始在说胡话了。

"我就是在装，我现在的状态才是常态，我一直为自己长得不够漂亮而自卑，我发现大家都喜欢女孩子活泼开朗，所以就在家里练，我就当是在表演，我不知道自己的表演是否成功，反正把你们给懵了，我之所以常常跟你在一起，并不是我有多喜欢你，而是因为你身边总是有许多优秀的男孩子围着你，和你在一起我可以有机会跟他们认识。但是我又从心底里嫉妒你，我发现他们对你和对我的态度是不一样的，后来我认识了麦可，他长得很帅，这一点满足了我的自尊心，于是我就让他伪装成有王室血统的资本家，反正没人能知道他远在伊朗的家人到底是干什么的，其实他的爸爸是很普通的白领，他妈妈是家庭妇女，他排行老大，家里有五个弟妹。我妈得知这些情况后，坚决地反对我们继续来往。没有了爱情，我就想到了去整容，我早几年就想过去整容，把自己整成一位美丽动人的女孩。这次失恋了，就想通过整容来摆脱失恋的痛苦。有一度，我整容成功了，我的自尊心获得了巨大的满足，自我成就感也迅速地膨胀了起来。我真以为自己成了白天鹅了，竟去参加"美丽大使"的比赛，就是基于这样的心理基础，我要将压抑了许多年的渴望美丽的愿望得以实现。可是没想到的是，整容失败了，又意外的是，我爸贿赂大赛组委会的事被揭发，继而被查出我爸买了二十套房子，有经济问题而被抓了进去。这一切，都是源于我的自尊心和虚荣心引起的。我，我真是太不走运了，这些事，逼得我整夜整夜的失眠，我本来永远不想跟你说这些，但是刚才许见妈妈的电话又刺激到我了，我再不说，恐怕真的要疯掉了。"

我被她的话惊呆了，这是一个我从来不知道的舒越，我原来了解的舒越根本就是虚假的，是被表演的舒越，天啊，这一切的发生，都超出了我的经验，我的智力。现在，舒越把自己华丽的外表拉开，把这些真相血淋淋地撕开，让我看到了丑恶，看到了虚伪，看到了无奈。我一时不知道该如何面对她，是安慰她还是批评她。

"现在你明白了这些，你该鄙视我了吧?"舒越直视着我，我像从来就不认识她似地看着她，心里难受得无法承受。于是我虚弱地说："舒越，你听我说，你吓着我了，你说的一切让我感觉是在做梦一样，这一切都是真的吗？不是你在编故事吗？"

"我希望是，我巴不得是，很可惜这一切都不是编的，是真的，你明白吗？是真的!"舒越说着说着又激动了起来。

显然，她又发病了，我一下子抱住了她，无所适从地安慰着她。看着她痛苦不堪的面容，我还是无法确定刚才发生的一切是事实还是她患病引发的幻觉。天啊，我该怎么办啊，我该如何拯救她啊！

舒越闹了一阵后又睡去了，我看着睡梦中还在发抖的她却一夜无眠，我不敢睡，也不想睡，我要好好的整理一下思路，把我从大一开始认识舒越后的所有情景都梳理了一遍,也没有发现过去的舒越都是表演的舒越,我想,不是她演得太好,就是我太白痴,太不会看人。现在我该怎么办?我该怎么面对,我很想把这一切告诉许见和马悦,可我又吃不准能不能告诉他们,这算不算她的隐私?如果是隐私,那我该不该给予保护。

我的头都想痛了,也没有想出答案。

天开始蒙蒙地亮了,我终于忍不住发困睡了过去。等我睡醒的时候,舒越正坐在我床边呆呆地看着我。

"不好意思,我睡着了。"我歉意地对她笑了一笑。

"你真温柔,难怪男人都喜欢你。"她面无表情地说。

"你很有个性,真的。"我想坐起来,跟她继续聊天,但我突然发现她将一把水果刀架在我脸上,我一下子吓坏了:"你要干什么?舒越,你要冷静!"

"我让你知道了我的秘密,我没脸再活下去了,不如我们一起死吧!"她说。

"不要,不可以,舒越,没人知道你的秘密,我不会说出去的,我会替你保密。"我紧张地大叫,完全失了常态。

"可是我知道你知道了我的秘密,我心里不舒服。"舒越继续威胁我。

"舒越,你要冷静啊,我们都年轻,还没有报效祖国报效父母呢,我们怎么有资格死呢,快把刀拿开,我们就当什么事也没有发生过好不好?"我试图推开舒越的手,可舒越的水果刀逼

得我更紧了。

"反正我现在活着跟死了也没有太大的差别,我们是好姐妹,我不能孤伶伶地走!"舒越还是不肯放过我。

就在这千钧一发之际,床头柜上的电话急促地响了起来,舒越一惊,松开了刀,我趁机抢过了水果刀,舒越发现了和我抢,我的手臂被划伤了,但我还是抢到了水果刀,立即下床打开门逃了出去,然后去敲马悦和许见的门。许见开门,我二话不说地哭着扑到了马悦的怀里。

"什么情况?怎么穿着睡衣出来了?你的手臂怎么划伤了?出什么事啦?我刚才打电话让你们下楼吃早餐呢!"许见丈二摸不着头脑地说。

"没有什么,没有什么,我刚才做了一个恶梦,你们快去我们房间看看舒越在不在?"我突然想到了舒越的安全。

"我们两个男的去女生的房间不好,不如你陪我们一起去吧。"马悦建议。

"嗯!"我不得不答应了,觉得马悦说得有道理。

我和舒越房间的门又关上了,许见敲门,门很快被打开了。

"你,你没事吧?"马悦和许见同时问。

"没事啊,能有什么事?"舒越看上去很镇定,马悦和许见看了看我对舒越说:"下去吃早饭吧!"

"好啊!"舒越说:"你们出去,我换一下衣服。"

马悦让我一起出去,他要给我包扎一下伤口。"

于是我提上自己的衣服和行李跟着许见和马悦去了他们的房间。

简单的洗过后，我换上了外套走出了浴室。马悦很严肃地看着我："说吧，到底发生了什么事情。"

"没有什么，真的没有发生什么。"我还是吃不准舒越的事该不该说，也许她只是一时激动，我要说了会让她自卑，就真的毁了她了。

我们一起来到了宾馆的餐厅，吃了简单的早点：热干面和混沌。早餐后，趁舒越上洗手间的时候，我抓紧时间对许见和马悦说："拜托你们一件事如何？"

"什么事啊？"两人异口同声地问。

"你们对舒越要好一点。"我说。

"我们对舒越一直很好啊，我们这次出游就是为了她嘛。"

"还可以更好一点啦。"

"那你说要我们怎么样？"许见问。

"你们就经常的表扬她，让她感觉特可爱。"

"那她如果要我们当她的男朋友，你也同意？"许见问。

"这个，我不知道，但是如果能治好她的病。"我心里发虚，有些语无伦次。

我不敢把舒越昨天跟我说的话传达给他们听，也不敢把今天上午发生的一切说给他们听。目前为止她告诉我的那些话还算是她的隐私，于是我简短地说："没什么情况啦，我们不是要

让她高兴吗？你们按我说的做就是了。"

"你不是在说胡话吧，是不是刚才吓疯了？"马悦想摸我的额头，被我挡开了。

"是因为听了我妈的电话，怕我骚扰你，所以才找个替身？"许见也问。

"都不是啦，你们怎么有那么多的问题啦？我没吓疯啦，跟许见妈妈的电话也没有关系啦，总而言之你们听我的就是，就是要让舒越感到自己很有魅力啦！"我着急地说，生怕舒越回来听见。

"真没见过像你这样的傻姑娘，疯了真是。"许见和马悦同时摇了摇头。

不一会儿，舒越回来了，我们马上刹住了话题。

"怎么啦？你们？怎么突然不说话啦？刚才我还远远地看到你们说得热火朝天呢。"舒越怯怯地问。

"没有，没有，刚才我们没有说什么，我们在谈天气呢，对了，今天的天气真好。"许见装模作样的打掩饰。

"你们这是欺负我病了吧，故意瞒着我？"舒越幽幽地说。

"看你，想多了吧，我们真的没说什么，对了，下一站我们去宜昌，如何？我们可以在那儿参观伟大的三峡大坝。"马悦赶紧转移了话题。

"随便你们啦。"舒越淡淡地说。

"那好，我们向宜昌出发。"许见用手打了个响声："买单，老板。"

老板满面春风地走了过来:"二十元,兄弟。"

许见给了老板二十元,一边跟我们油腔滑调地看着舒越说:"真便宜啊,适宜人类生活的城市。以后等我赚够钱了,就带着我老婆小孩来这儿定居。"

舒越的脸上飞起了一抹笑意:"你看着我干吗?我又不是你老婆。"

"我们都是未婚,以后也不是没有可能呢!"看来,许见开始进入角色了。

舒越有些得意地看着许见:"你看你多贫嘴,马悦你可得保护我。"

马悦张了张嘴,一时不知道该怎么回应,于是一挥手:"别理他,走,上路!"

二十八

我们一行四人上了车,继续西行,向宜昌开。

从武汉到宜昌只有 300 公里,许见的车向右转进入夷陵大道,沿着夷陵大道行驶了 2 公里多一点,就右转进入樵湖二路,沿樵湖二路行驶了 400 米不到,就右转进入石子岭路,沿石子岭路行驶了 40 米,右前方转弯进入环岛,沿环岛行驶 10 米,向右转进入 S107,沿着 S107 行驶了 4.3 公里,稍向左转进入夜明珠路,沿夜明珠路行驶 750 米,左转弯进入 S312,沿 S312 行驶约 1 公里,直行进入 S334,沿着 S334 又行驶了 20.7 公里,调头行驶了 5.2 公里,就到达宜昌了。

我之所以把这段路记得那么清楚,是因为许见一路上在逗舒越开心,我无话好说,就打开了摄像机,专心地这段路拍了下来，以后编纪录片的时候没准要用上。

宜昌是一个很值得一游的地方，拥有国家级 5A 级景区一处，国家级 4A 级景区 10 处，分别为：宜昌市柴埠溪峡谷风景区、宜昌西陵峡口风景名胜区、宜昌车溪民俗风景区、宜昌三峡人家风景区、长江三峡工程坛子岭旅游区、三峡石牌要塞旅游区、宜昌市三游洞风景区、三峡大瀑布风景区、宜昌九畹溪风景区、清江画廊度假风景区，国家 3A 级景区 13 处，其中长江三峡画廊及三峡水利工程坝址中堡岛、葛洲坝水利枢纽吸引了全世界的旅游爱好者。三峡之一的西陵峡，有"西陵山水天下佳"之称，其奇峡险滩令人叹为观止。这里还有历史悠久的巴人遗址和三国古战场遗址，被誉为"三楚名山"的玉泉山，"天下四绝"之一的当阳玉泉寺，清江小三峡，兴山高岚风光及其栩栩如生的卧佛，宜昌是世界四大文化名人之一的我国爱国诗人屈原的诞生地，也是中国古代民族的友好使者王昭君的故乡，千姿百态的五峰、远安天然溶洞群，著名的三游洞、金狮洞、白马洞、龙泉洞、长生洞、燕子洞等迷宫奇观，风采各异美不胜收，神秘的原始森林等，众多的山水风光，自然景观和人文景观，与宏伟的葛洲坝工程、隔河岩水电工程交相辉映，形成了独具特色的旅游资源。

我们入住在宜昌的经济型酒店，出来的时候我们就有个原则，尽量的节省，尽管许见家很有钱，愿意由他出资支助这次旅游，但我们都不同意，坚持要大家一起分担所有的开销。

登记时许见开了一个大房间,他告诉我们标房没有了。于是我、马悦、许见三个人轮流睡,留一个人醒着看护舒越。他们答应了。

舒越看了看我们,也不作声。

她又变得沉默寡言了。

我们一路走一路游,除了舒越,每个人的心情都好了许多。

这天游玩时,趁舒越在和马悦坐在一边说话时,许见悄悄地跟我表功:"怎么样,我表现不错吧,都按你的意思在做,逗舒越开心。"

我立即表扬了他:"不错,再接再厉,其实舒越内心挺可怜的,你尽量对她好一点。"

许见怔怔地看着我:"夏雨辰,你难道没有看出点什么不对吗?"

"什么不对?哪不对了?"我问。

"你看看舒越,一直缠着马悦呢,你难道为了救她,连自己的男朋友也奉献了?"他看着我。

我的心里不由地"咯噔"一下:"不会啊,我了解马悦,他是有分寸的人。"

"夏雨辰你知道吗?你这样做很危险,如果舒越对马悦动情了,马悦又不好意思拒绝,那伤害的是你自己;如果马悦拒绝了,那伤害的就是舒越,她有可能病情加重,你想想我说的有没有道理?"许见严肃地看着我。

"说得是啊,可是你觉得还能有什么更好的办法吗?"我问。

"我没有办法,很多东西需要舒越自己去承受的,别人代替不了她的。"许见肯定地说。

"可是,可是她已经病了呀,很多人得了忧郁症后得不到控制会产生自杀倾向,那事情就严重了。"

"我知道你对她很照顾,但你想过没有,她会利用你的善良,缠着马悦不放。"许见提醒我。

"不会的,肯定不会的。"我在心里对自己说。

"我见过傻的,没见过你这么傻的女孩,你知道吗?你在走钢丝,很危险。"许见心疼地责备我:"你啊,就是太善良,但有时候善良也会伤人的。"许见脱口而出的话让我惊讶,但我并没有多想,一切等治好了舒越的病再说。

"你别想太多,什么事也不会有的。"我安慰他,也算是安慰自己。

"哎,我真是拿你没办法。"许见叹了口气。

"你们说什么悄悄话呢?"不知什么时候,马悦自己推着轮椅车过来了,舒越跟在一边。这次出游,为了让马悦不要太累,我们把轮椅车也带来了。

"没说什么,看风景呢,怎么样,气势宏伟,不错吧。"我故作轻松地说。

"是,是不错,不过我饿了,我们能不能找地方吃饭?"马悦说。

于是我们回到车上,许见打开GPS,我们找到了我们酒店隔壁的万达广场吃自助餐,舒越一改白天的热闹,变得又沉默了起来,许见为了调节气氛,不停地逗舒越开心,但舒越就是开心不起来。于是我只好救场,不停地配合许见的冷笑话。

马悦很快吃完了饭说要先回房间躺下。过了一会儿,舒越也说不想吃了,要早点回房间休息,不等我们回应,她就自己离开了。

舒越离开后,许见问我知道不知道舒越为什么要先我们离开?

我说:"她累了吧?"

"你知道马悦为什么早走?"许见继续问。

"你怎么有那么多的为什么呢?"我取笑他。

"以我的观察,马悦是为了躲舒越才早早离开的,舒越是因为马悦躲着她而不高兴的。"许见偶然以侦探自居。

"别瞎猜了,许见,还有一件事情我想问你,你一定要诚实地回答我。

"什么事啊?这么严肃。"

"你跟成铭到底是怎么回事,她是被你气走的,是不是?"我问。

"这件事你就不用再问了,不是因为她妈妈生病了嘛。"许见躲开了我的注视。

"可是她为什么把所有的衣服都拿走了,显然她是不想回来了。"

"好吧,既然你一定想知道,那我就告诉你吧。有一次她问我是不是喜欢你,我说是,她就气走了。"许见终于坦白。

我生气地打他:"你怎么胡说八道,我们俩根本就不可能的,我看得出来你是那么的喜欢她,你为什么要把她气走,你太不理智了。"

"我当时也只是随便一说,她就生气了。"许见一脸的无辜。

"成铭是一位很好的女孩,错过了她你会后悔一辈子的,你最好赶紧给她打电话赔不是,就说是跟她开玩笑的。"

"回去再说吧。"许见应付我。

我和许见回到房间,走到门口,我就听房间里传出来的舒越说话的声音:"我就那么让你讨厌吗?我就那么让你讨厌吗?"

我想开门进房,又怕让她难堪,于是只得站在那儿不敢动。

"你听我说,马悦,我就是喜欢你,不管你理不理我我都喜欢你,我没有病,只要和你在一起我就没有病了。"

于是许见开门进了房间,舒越用审视的目光看着我们:"你们回来了?"

"是,我们吃好了。"我尽量装作若无其事的样子。

尽管我的心里五味俱全,可我尽力克制着没有表现出来。

"雨辰,我想跟你说说话,我们能不能到楼下的咖啡厅去坐坐?"舒越问我。

"这,你不累吗?我可是累了。"我不知道她想跟我说什么。

"不会耽搁你很多时间的,最多半小时,行不行?"她看着我,一副无助的样子。

于是我只得答应了。

"那好吧"我答应了。

"今天还开心吧?"在咖啡厅坐下后,我还是努力和她说话,想化解两人之间的尴尬。

"没什么高兴不高兴的,你高兴吗?"她反问我,不知从何开始,她对我说话开始居高临下了。难道我对她的关爱只能助长她的小姐脾气?

"只要你高兴我就高兴了。"我实话实说。

"真的?你的话让我好感动。雨辰,我就知道你是我的好姐妹。"舒越的语气一下子就变得和气了。

"舒越,你想说什么你就说吧!"

"今天早上的事请你不要记仇,我是跟你闹着玩的"她说。

"哦,我不记仇,不过最好以后不要再发生类似的情况,开玩笑要有个度。"我应付着。

"你觉得我好看吗?"舒越问我。

"嗯?"我一时没明白她的意思。

"你觉得我有魅力吗?"她继续问。

这回我听清了。

"你当然有魅力了。"我习惯地回答。

"那你说为什么许多我不喜欢的男孩像苍蝇似的缠着我,令我头疼,而我喜欢的男孩却对我冷冰冰的,这是为什么?"

"这很正常啊,说明你们缘分没有到啊,缘分到了,没准你能嫁个英国王子或美国首富什么的。"我安慰她。

"英国王子我是不敢想的,碰不到的。我就喜欢能碰到的人,能够碰到就是缘分,雨辰,你愿意帮我吗?"她说。

"你希望我怎么帮你呢?我能帮到你吗?"我不知可否地应付她。

"能帮到的,能帮到的。"她一下子激动了起来。

"那你说吧,我能怎么帮你。"我问。

"我喜欢马悦,你能帮我吗?"她看着我说。

"啊?!"我一下子惊醒了:"马悦不是我的男朋友吗?"我觉得她太荒唐了,许见的话终于应验了。

"我知道是你的男朋友,所以才需要你帮忙啊!"她理直气壮地说。

"你是想说让我把男朋友让给你?"我疑惑地问。

"不可以吗?我们不是好姐妹吗?"她问。

"可你知道你这叫什么吗?你这叫夺人所爱啊?"我不高兴地说,但我尽量克制着不发火。

"雨辰,我知道我这样说有些无理,有些对不起你,可是爱情来了,就是这样缺乏理性的。雨辰,你就成全我吧,你人缘那么好,很容易就能找到条件好的男孩子,我知道许见就很喜欢你,你知道的。"舒越这回让我觉得有些过于自私了。

"对不起,我心里有点乱,我们明天再谈好不好?"我现在有些后悔早晨对许见和马悦说的话了,我觉得自己的承受能力没有想象的强。

舒越说:"我就知道你没有那么大方,说得好听是闺蜜,可以为了我牺牲一切的,没想到也是嘴上说说而已,经不起考验的。"

我有些哭笑不得,好朋友好闺蜜就得把自己的男朋友让给她吗?她也太自私了。我脑子一下子就清醒了过来,我知道自己该说什么,我不能再纵容她了。于是我说:"舒越,如果你那样做了,你真的能开心吗?"

"开心啊,为什么不开心?"她若无其事地说。

"你知道,我跟马悦相恋了很多年了,我们的感情很深,你这样做不是很残忍吗?"我说。

"那有什么?不过是恋爱而已,很多人结婚了还离婚呢?现在这社会,都是各领风骚三五年,哪有什么永垂不朽。"她还是继续她的若无其事。

"这……"我被她的歪理气得说不出话来,于是我说:"舒越,你过分了啊,你不能利用别人对你的善意达到自己的目的,这样不好。"我委婉地告诫她。

"我就知道你没那么大气,我们不是闺蜜吗?"她咄咄逼人地问。

"我们是闺蜜也不代表我们可以做事没有底线啊。"我是真的生气了,尽管她是病人,但她也不能过分的无理啊,我脾气再好,忍耐度也是有限的呀。

"那好吧,算我没说。"舒越说完就离开了咖啡厅,我心里很乱,没有马上起身。

不一会儿,许见来了,他说是马悦不放心我,让他来看看我的。

我谢了他。

"刚才舒越跟你说了什么?"许见问。

"她让我把马悦让给她。"我终于忍不住向许见坦言。

"你别把她的话放在心上,她现在不太正常。"许见安慰我。

"你说我们一路陪她去西藏,她的病会好吗?"我开始怀疑我们这次出游是否值得。

"我也不知道,我们不是没有其他的办法吗?但愿她能体会到我们的良苦用心,能好起来。"

舒越这些天的表现像放电影一样的在我眼前出现:她是真的得忧郁症了,还是她根本就是装的?她已经把我搞糊涂了。她怎么可以利用别人对她的同情和友谊来不择手段地对马悦发起进攻呢?是我太天真太幼稚了吗?

如果舒越继续得寸进尺地跟我抢马悦,我该怎么办?我在心里问自己。我关心舒越,重视我们三年多的友谊,这份情谊,能超越我和马悦的爱情吗?能拿我和马悦的爱情作为代价吗?

一夜无眠,第二天早餐前,舒越突然说:"我不想去重庆了,没意思。"

我们有些拿不住她了,于是问她:"那你不想去重庆,想去哪?有什么计划吗?"

"我哪都不去,就在这里等死算了,反正我活着也没什么意思。"她还是将"作"进行到底。

"那好吧,我先去吃早餐,边吃边商量。"

于是我们一行去吃大众网上推荐的阿信锅贴饺,这是一家老字号的店,1992年老板阿信经母亲亲手传艺给他,15年来字号从未更改,一直恪守诚实守信、童叟无欺,故取名阿信;原来的家庭式作坊已经不复存在,取而代之的是临街的漂亮、干净整洁的桌椅板凳。最重要的是锅贴饺的优质口感,外焦里嫩,香酥可口,加上自制的姜丝,蘸一点香醋,入口的感觉妙不可言,吃完以后浑身出汗,很是畅快淋漓。

趁舒越上楼拿行李的时候,我们赶紧商量。

"舒越不想去重庆了,怎么办?"我说。

"那她想去哪?"许见问。

"她说她哪都不想去。"我回答。

"那我们总不能天天待在这里吧。"许见有些恼了。

"也许我们根本不该带她出来,我怎么发现她这几个月变化特大,我简直快不认识她了。"马悦发表意见了。

"她不是病了吗?医生不是说像她这样的病需要带她出来走走吗?"许见说。

"可我觉得她没病,她是装病,她还挺能折腾的。"马悦一针见血地说。

"我也有这个感觉,也许我们都被她骗了。"许见说。

"可是她的目的是什么?谁会没事装病呢?"我问。

"她爸爸摊上事儿了,她非常的恐惧,又不能跟别人说,所以就装病,以赢得别人的同情。"马悦分析。

"我看也是这么回事。"许见跟着说。

"那你们说我们现在该怎么办呢?"我问。

"她如果哪都不去,我们只好把她带回上海了。"许见说。

"那怎么行,她回到上海不是更忧郁了吗?"我觉得这不是好办法。

"你傻啊,这些天我发现她内心其实坚强着呢,比我们谁都坚强。你要再舍不得她,到时你男朋友给她抢了你就哭吧。"许见提醒我。

"不会,我相信我和马悦的感情是经得起考验的。"我信心满满地说。

"你最好不要对男人的意志抱有幻想,这方面男人是最靠不住的,你最好还是别考验他的好。"许见警示我。

"你这家伙,说话怎么这么直接啊!"马悦打了许见一拳。

"好了,你们别闹了,现在我们到底怎么办?"我提醒他们。

就在这时,我们听到有人要跳楼的呼叫声,我们跑出餐厅仰头看去,发现对面我们住的那栋楼顶上站着一个人,这人不是别人，正是舒越，在探身往下张望。

"舒越，舒越，我们来了，你别往下跳啊！"我们一起叫了起来。

舒越不听我们的，还是往下看，我们见她不理我们，赶紧往楼上跑去，想去把她拉回来。我们一口足气跑到天台上，还好，舒越还在那儿往下看，许见做了个手势，让我们别出声，他一个健步冲了上去，一把抱住了舒越，舒越吓了一跳，挣扎了一下，马悦也及时地赶上去，帮着把舒越拉了进来。

"你们干什么呢？"舒越甩开他们俩大叫起来。

"舒越，有事好好说，千万别轻生啊，好死不如赖活，是不是？"许见很不得要领地安慰她。

"是你个头，谁自杀了，谁自杀了？"舒越不高兴地问。

"你，那你在楼顶上干什么？"许见和马悦同时问。

"我在打电话呢，那房间里信号不好，只好跑楼顶上来了，也只有这边的信号听得见。"舒越指了指她刚才站的地方，舒越手上拿着的手机里还有声音在问舒越发生了什么事，舒越对着手机说："没什么，我同学，他们以为我闹自杀呢！"

我们三个面面相觑，知道自己空担心了一场。

看来舒越没有问题了。

"你说你哪都不想去了，那你打算怎么办？"等舒越打完电话后，许见问舒越。

"我心情很乱，想安静一下。"舒越看了我一眼。

"那如果你想继续往前走呢,我们陪着你一起走,如果你不想走了呢,那你就跟我们回去,我们不能把你一个人留在这里。"马悦说。

舒越看了看马悦,终于妥协了:"那好吧?我们往前走,下一站去哪?"

"去重庆。"许见说。

"那好吧。"舒越乖乖地答应了。

从宜昌到重庆只有400多公里,我们一路向西南方向行驶,几公里后进入了进入汉宜高速公路,沿汉宜高速公路行驶了近20公里,就进入了沪蓉高速公路,又在沪蓉高速公路上行驶了40多公里,便进入了318国道,四个小时后我们又进入了渝宜高速公路,傍晚时分,我们来到了重庆。

二十九

重庆的天空正值浓雾迷漫,越聚越浓,不久天空就骤然变黑了,行驶的汽车纷纷亮起车灯,空气像能挤出水来,日光濡湿,尘埃缓缓飘浮,整个城市都若隐若现的在云雾中存在。路边的商场、住宅和其他楼房一瞬间灯火通明。广告商家们亦纷纷亮起了户外广告牌灯箱。上街看下街,一般是看不见的,要么就是街道太窄太曲折,被高楼掩映,要么就是消失在雾中。这岸看那岸,视线也是飘动的,江水在流,雾气在流,整个人也摇晃起来了。

从宜昌来重庆的路上,舒越又恢复了沉默的状态,慵懒地似睡非睡。我们也不打扰她,一路上感叹着沿路风景的瑰丽。

马悦感慨地说,人生如路,越难走,又有无限风光在险峰。

我们超级的赞同。

我们在重庆的锦江之星酒店住下,在一个高坡上,俯瞰楼下车流人流江流和星星点点的万家灯火,感受山城重庆之夜的灵韵。

重庆市区在中梁山和铜锣山之间,嘉陵江和长江流经的河谷、台地、丘陵地带。城市依山而建,道路高低不平,建筑错落有致,是我国最大、最著名的山城。以重庆母城渝中半岛为例,它是典型的低丘、台地地貌,整个半岛就是一个突起的山脊,朝天门沙嘴海拔168米,解放碑地区平均海拔249米,枇杷山海拔340米,鹅岭海拔约400米,而这些落差都是在9平方公里的渝中半岛上,可以想象城市的高楼大厦是怎样的起伏,道路是怎样的徊转,好多几十层的高楼可以在大厦的中部直接下到地面,因为这里有天桥直接通往与楼平行的半山腰。这是多么有特色的山城啊!

放下行李后,我们一起去了鹅岭公园的揽胜楼。鹅岭公园是重庆古老的私家园林建筑之一。始建成于清末宣统年间(公元1909年至1911年)由园主李耀庭父子精心培植而成,名"礼园"。由于它居高临下,位于重庆半岛尾部的鹅岭顶上,南望长江,北濒嘉陵江,东临市区,西接佛图关,虎踞山城,加之公园自身的"雄、险、峻、旷、秀"的自然风光,便成了历代名人和游览者雅集休憩的好地方。民国初年讨袁名将蔡锷曾入内避乱;抗战时期,蒋介石宋美龄曾在园内"飞阁"居住数月;国民政府高级军政要人冯玉祥、林森、孙科、宋子文、何应钦、阎锡山、陈诚等也曾先后到园内观光揽胜;英国大使卡尔居住"飞阁"达五年之久。

1950年,"礼园"为西南军区所在地,国家领导人董必武、刘伯承、贺龙等先后在比居住。新加坡总理李光耀也曾到园内揽胜。

礼园因其地形略似鹅头,李氏友人清侍御、名书法家赵熙书赠:"两条银线自天来,江势随山阖复开。从古巴渝称重镇,半空鹅岭出高台"。园内有一江山一览台,海拔有355米,俯视六层盘山公路,数十里江北区、市中区、沙坪坝区街市收眼底;经过榕树抱石奇观,在园内幽静深处有S形石桥,石栏酷似二根粗大弯曲的绳子,桥为一墩二孔,从桥的两侧看桥孔均为一大一小,桥的着力点下端,为万年钟乳石相嵌,以上三点在国内园林建筑中均为罕见。

揽胜楼海拔402米,是观赏富有立体感山城的最佳之处,不过由于今天有雾,能见度很低,很朦胧也很美。

很可惜的是,马悦因为身体的原因,没有跟我们一起上揽胜楼看风景。

吃晚饭的时间到了,我们来到了解放碑吃重庆火锅,重庆的火锅又称为麻辣火锅,起源于明末清初的重庆嘉陵江畔、朝天门等码头船工纤夫的粗放餐饮方式,原料主要是牛毛肚、猪黄喉、鸭肠、牛血旺等。我们在上海也吃过重庆火锅,不过跟这里的火锅比起来，实在是有天壤之别。这里的火锅又麻又辣，让人浑身通透的舒服。

就在这时，一张熟悉的脸从我眼前闪过。

"肖寒寒，对，是肖寒寒，没错。"我脱口而出。

"肖寒寒是谁？"许见和舒越同时问我。

"肖寒寒是我高中时候的同学，马悦也认识的，马悦，你看这是不是肖寒寒？"

没等马悦反应过来，我就捷步追了上去："肖寒寒！"我大声地叫。

那张熟悉的面孔转过身看着我，只一瞬间，他就认出了我，叫了我一声："夏雨辰！"然后站在那里不动了。

我高兴地在他的肩膀上打了一拳："肖寒寒，没想到在这儿见到你。"只见他穿着一套运动装，很干干净净的样子。

"是啊，怎么在这里见到你了！"肖寒寒也倍感意外地看着我，傻傻地笑着。

"肖寒寒，还认识我吗？"马悦也上前一步和他打招呼。

"马悦，你也来了，你们是一起来度蜜月的？"肖寒寒到底成熟了许多，也学会开玩笑了。

"哪里，我们是一起来旅游的，来，给你介绍另外二位朋友，这位是许见，这位是舒越，他们都是夏雨辰的同班同学。"

肖寒寒羞涩地和许见和舒越点点头，算是打了招呼了。

"夏雨辰，你的同学好帅哦！"舒越看着肖寒寒对我说。

"当然了，夏雨辰的同学嘛，当然帅了。"许见说话毫无逻辑。

大家开心地笑了起来。

"对了，说说看，你怎么在这里啊？"我逼着肖寒寒满足我的好奇心。

"我不是在这里支教吗？今天带一位学生来市里参加数学比赛，他得了第一名，我奖励他，带他来这儿吃点好的。"我们这才发现在他的身后站着一位十岁左右的山里模样的小男孩。

"校校，快叫大哥哥大姐姐。"肖寒寒教小男孩和我们打招呼。

被称作校校的小男孩怯怯地叫了我们一声："大哥哥大姐姐好！"

"小朋友好！"我们异口同声地回应他。

"想吃什么，大哥哥今天请客。"许见豪爽地招呼大家一起坐下，彼此都很激动。

"先说说你这几年是怎么过的？"我嚷嚷着让肖寒寒介绍自己。

"很平常啦，天天和小朋友打交道，教他们学习，生活得很单纯。"肖寒寒简单地回答。

"你在这里一待三年多了吧？寂寞吧？"我问肖寒寒。

"还可以吧，跟小朋友在一起，生活虽然艰苦，但是他们给了我很多的快乐！让我找到了生活的意义。我们临乡有一小学，孩子问老师：'坐飞机时，人坐哪里？'老师竟回答：'可能坐在飞机的翅膀里吧。'由此可见，这里很需要从大城市来的老师。"肖寒寒坦言。

"你说得真好，肖寒寒，祝贺你找到了自己生活的意义。"我举起了茶杯向他致敬。

"肖寒寒，你变了，变成熟了。"马悦深深地看着肖寒寒。

肖寒寒被马悦说得不好意思起来："哪里，你也成熟了不少。"

"是啊，人要经过磨难才会成熟起来，几个月前我受了重伤，差点站不起来，这段经历让我思考了许多，我告诉自己要坚强，要珍惜身边的人，没有任何困难能打败自己，能打败自己的只有自己。"

"说得好啊，马悦确实是成熟了不少。"许见也跟着应和。

"你们受到的都不是致命的打击，如果你们也像我遭遇那么多的打击，就不会这么乐观了。"舒越冷冷地说。

"能说出来的痛都不是痛，真正的痛是说不出来的，我知道你经历了很多的痛苦，但是我相信时间是最好的医生，能洗去很多的烦恼。"我也发表了我的高见。

"是啊，只要时间足够，很多不能让人忍受的痛都会成为美好的回忆。"肖寒寒补充道。

肖寒寒真的是成熟了！我在心里说。

"这里的学习艰苦吗？"我们问。

"在乡村小学里，很多东西无法想象，我们和学生学习仅仅只靠着一本教科书。我们想要去了解很多知识，我们渴望着这些知识，但是没有资源和环境。比如看报纸，要等半年以后才能拿到，交通太不方便了。"

"哇，那你打算什么时候回上海？"我关心地问。

"我还没有想好，至少近段时间不会。"肖寒寒边说边给他的学生校校夹菜，校校感激地说谢谢，每夹一次校校都会说："谢谢老师！老师您也吃！"看得出他们之间的情真意切。

舒越看了感叹校校真懂事，她说她那些亲戚的小孩不管你送她们什么，都不会说"谢谢"这两个字的。

"那你爸爸妈妈来看过你吗？"我问。

"没有，我没让他们来，我怕他们看了舍不得我留下来，马上催我回去。"肖寒寒冲我笑了一下："可我有些喜欢上这个地方了，很安静。"

"好样的，马悦，来，敬你！"马悦也举起了茶杯。

"对了，你们是来旅游的吗？"肖寒寒问，"你们应该还没有毕业吧，不用上课吗？"

舒越低下了头，不吱声，还是许见开口："我们请假了，打算去西藏。"

"西藏？这个季节去西藏？"肖寒寒问。

"是啊，这个季节不行吗？我们都带了羽绒服了。"我说。

"往年这个季节没问题，但是今年的雨雪很大，进藏的路被封了，我们村有辆车往西藏运货物，结果路被封了，只好打道回府了。"肖寒寒说。

"真的？那怎么办？有没有其他办法进藏？比如坐飞机。"许见问。

"飞机不太清楚，你们可以问一下。"

于是许见立刻用手机上网查了去西藏的航班，结果发现全都停了。

"那怎么办？我想去西藏啊，我是一定要去西藏的！"舒越失望地说。

"我也想去西藏啊，但是没有航班也没有办法啊。"许见说。

"你们为什么想去西藏，仅仅是去玩吗？你们可以夏天再来啊。"肖寒寒建议我们。

"我是一定要去西藏的，我们等几天再去吧。"舒越说。

"我也很想早点去西藏的，我要去布达拉宫祈祷！"许见说。

"其实内心有善，在哪里都可以祈祷的。"肖寒寒说。

我们一下子对他能说这句话另眼相看了，看来肖寒寒不仅成熟了，而且沾上佛性了。

"你们什么时候回去？"舒越问。

"今天太晚了，没车了，回不去了。"肖寒寒说。

"那你们住哪里？"马悦问。

"我们今天打算去火车站待一晚上，不瞒你们说，我身上带的钱不够住宾馆，本来比赛完了坐长途车回学校是来得及的，但是后来又增加了考试项目,所以就赶不上长途车了,只好明天一早回去。"肖寒寒说。

"这样啊,那你们跟我们一起住好了。"我们四个异口同声地说。

"这样能行吗?我让校校跟你们挤一挤好了,我是大人,我没关系。"肖寒寒说。

"没关系,你们俩一起跟我们住就行,我们也这么长时间没见了,老乡见老乡,二眼泪汪汪啊。"我劝他。

肖寒寒终于答应了。

晚餐后我们回到我们入住的锦江之星,大家一起聊天,彼此有说不完的话,全都忘了时间在悄悄地流去,校校先是跟许见学着上了一会儿网,然后抗不住睡意在床上大睡,其他人全都坐在椅子上、床上聊天,从大学生活聊到支教生活,从梦想谈到爱情,几乎无话不谈。舒越问肖寒寒有没有女朋友,肖寒寒摇摇头称还顾不上。然后肖寒寒又问我和马悦何时结婚,我们表示要过两年再说,因为我们还想到国外去留学。

我们对肖寒寒的生活充满了兴趣,纷纷表示要去参观一下他支教的学校,肖寒寒犹豫了一下答应了,不过他打招呼说那里的条件非常的差,让我们要有思想准备。于是在我们的催促下大家各自睡觉,尤其是许见需要足够的睡眠,明天一早他要开车呢。

第二天吃完早餐,我们就去商店给孩子们买了许多好吃的东西，又去书店买了许多书，大多是励志类的和文学作品，六个人挤在一辆车上，校校人小，后座上坐四人，前后错开的坐。

肖寒寒支教的学校在巴中，这里一面临山，一面近水。车子沿着山路转来转去开了近四个小时，在路的尽头，有一块四周堆满了稻谷空地，空地的边上插着一块牌子，上面写着"红川小学"字样。

此时，正是中午时分，空地上，一群穿着简陋的衣服的孩子在玩铁圈，一个孩子将铁圈围起来，其他的孩子一个接一个的推，让铁圈不会倒下来。有些孩子的小手通红通红，还拖着鼻涕。

"看，这些就是我的学生，这是他们的体育活动。"肖寒寒上前一步，也融入其中跟他们一起玩起了游戏。

孩子们见肖寒寒来了，玩得更欢了。铁圈终于因为没有被孩子接住而倒了下来。孩子们围住了老师，一口一个地叫着，看得出来他们平时的关系是很亲热的。

肖寒寒向孩子们介绍了我们，我们一起把买来的礼物送给孩子们。孩子们高兴得简直合不拢嘴。

一个老伯伯将一只挂在树上的钟敲响了，肖寒寒告诉我们，上课的时间到了，孩子们纷纷涌进了教室。

"我要去上课了，你们可以随便转转。"肖寒寒对我们说。

"那，我们一起进教室听你上课吧！"我们答应了。

肖寒寒不好意思地笑了："好，你们别见笑就行。"

所谓的教室其实只是一间四面漏风的草屋,课桌也只是一块长长的木板,同时共好几位同学用,没有椅子,只有用来代替凳子的石头。

现在是语文课,肖寒寒在教学生乐府的《长歌行》,简陋的黑板上,是肖寒寒抄写的工工整整的字:

> 青青园中葵,朝露待日晞。
> 阳春布德泽,万物生光辉。
> 常恐秋节至,焜黄华叶衰。
> 百川东到海,何时复西归。
> 少壮不努力,老大徒伤悲

肖寒寒先是让大家跟着他朗读了两遍,然后开始讲解:

这是一首感叹人生的歌。园中葵在春天的早晨亭亭玉立,青青的叶片上滚动着露珠,在朝阳下闪着亮光,像一位充满青春活力的少年。诗人由园中葵的蓬勃生长推而广之,写到整个自然界,由于有春天的阳光、雨露,万物都在闪耀着生命的光辉,到处是生机盎然、欣欣向荣的景象。这四句,字面上是对春天的礼赞,实际上是借物比人,是对人生最宝贵的青春的赞歌。人生充满青春活力的时代,正如一年四季中的春天一样美好。自然界的时序不停交换,转眼春去秋来,园中葵及万物经历了春生、夏长,到了秋天,它们成熟了,昔日熠熠生辉的叶子变得焦黄枯萎，丧失了活力。人生也是如此，由青春勃发而长大，而老死，也要经历一个新陈代谢的过程。这是一个不可改变的自然法则。诗人用"常恐秋节至"表达对"青春"稍纵即逝的怀念，其中一个"恐"字，表现出人们对自然法则的无能为力，青春凋谢的不可避免。接着又从时序的更替联想到宇宙的无尽时间和无垠空间，时光像东逝的江河，一去不复返。由时间尺度来衡量人的生命也是老死以后不能复生。在这永恒的自然面前，人生岂不就像叶上的朝露一见太阳就被晒干了吗？岂不就像青青葵叶，一遇秋风就枯黄凋谢了吗？诗歌由对宇宙的探寻转入对人生价值的思考，终于推出"少壮不努力，老大徒伤悲"这一发聋振聩的结论，结束全诗。自然界的万物有一个春华秋实的过程，人生也有一个少年努力、老有所成的过程；自然界的万物只要有阳光雨露，秋天自能结实，人却不同，没有自身努力是不能成功的；万物经秋变衰，但却实现了生命的价值，因而不足伤悲；人则不然，因"少壮不努力"而老无所成，岂不等于空走世间一趟。句末中的"徒"字一是说老大无成，人生等于虚度了；二是说老年时才醒悟将于事无补，徒叹奈何，意在强调必须及时努力。

　　这时，校校举起了手要求提问，肖寒寒请他发言，校校问他们这些乡里的孩子只要好好读书，真的就可以改变自己的命运吗？

　　肖寒寒回答："可以啊，你只要努力，就可以改变自己的命运。"

校校说:"不对呀,我表哥都大学毕业了,在城里没有找到工作,还是回乡种地来了。"

肖寒寒一愣,显然他没想到校校会问这样的问题:"回乡也可以大有作为啊,可以将他学到的知识用到工作中。"

校校还是说:"可我表哥学的是物理,他学的东西这里用不上,所以还在跟着他爸种地呢。"

肖寒寒说:"那可能是他学的专业不对,如果他学农业的话,回来就用得上了,可以改良这里的种子。"

看来,这里的孩子也很会思考,我们都在为肖寒寒的回答捏把汗。

"肖老师,昨晚上许见叔叔教我上网,我看到网上说现在的孩子要找到好工作,要有出息,一定要有一个当'李刚'的爸爸,老师,什么叫'李刚'啊。"校校继续问。

这一回,连肖寒寒也不知道"李刚"是什么了,坦言说,他这里没有电脑,上不了网,他也不知道"李刚"是什么意思。

许见举手要求发言,肖寒寒让他说话。于是许见就说:"我知道'李刚'是什么意思,就是说爸爸要支持自己孩子的教育。你们的爸爸妈妈让你们来这儿读书,就是很支持你们的教育啦,所以你们一定要好好学习哦!"

我们全都对许见的撒谎刮目相看,许见跟我们做了个表情,我们明白:善意的撒谎嘛,难道要灭掉这些纯洁无瑕的孩子的梦想?

校校这才不提问了。

肖寒寒教得认真,学生们学得也专注,整个一堂课老师和学生的精神融为了一体。我们听得热泪盈眶,一个多么特别的肖寒寒,一个多少坚强的肖寒寒,他本来可以过上安定富裕的生活的,但他把自己的青春献给了这些本来素不相识的学生,这是什么精神?这不就是毛主席曾经说过的白求恩的国际主义精神吗?肖寒寒尽管没有跨越国门,但他跨越了可怕的贫穷,这是多么了不起的壮举啊。作为肖寒寒的同龄人,我们又能为他为这些学生做点什么呢?

这些孩子生长在这么贫穷的地方不是他们的错,那么我们社会又能为成千上万的他们做些什么呢!

散课后,我问肖寒寒现在最大的愿望是什么?

肖寒寒说他最大的愿望是建一所四面不漏风有玻璃窗的教室,能买台电脑,能上网,让山里的孩子能了解外面的世界。

于是离开的时候,我们把身上带的所有的现金都留给了学校,留给了孩子们,让他们能够多买些教材,能订到报纸。我们打算回到重庆市里再从信用卡上取钱。

肖寒寒激动万分,他算了一下,这些钱够买一个乒乓球桌,建一个篮球架。他让学生们排成队,唱歌给我们听。这些孩子真是可爱,给我们唱了一首又一首的歌。我们纷纷拿出手机和相机,拍了一张又一张的合影。

然后我们"西风中雨"组合在肖寒寒的手风琴伴奏下，为孩子们唱了一首萧亚轩的《我要的世界》，这架手风琴还是他来支教时自己从家里带来的。

远方天空

云层遮盖了前往方向

迷失在黑暗之中

天使问我

手中紧握不放的是什么

我说 寻找梦想的灯火

有时我会失去力量

再艰难的旅途

也要骄傲地走过

眼前的世界

音乐演奏中

不停挑战我

就算曾悲伤过

我要的世界

梦想在怀中

未来呼唤我

相信我会坚强的走到最后

人生会有

疲惫想放弃的时候

看不清路的尽头

天使身后

太阳叫醒希望的翅膀

那是

未来伸出的双手

失去过相信的力量

再艰难的旅途

也要骄傲的走过

眼前的世界

音乐演奏中

不停挑战我

就算曾悲伤过

我要的世界

梦想在怀中

未来呼唤我

相信我会坚强的走到最后

我们要走了,肖寒寒和孩子们依依不舍地送了我们一程又一程。

告别了肖寒寒和孩子们,我们开车回到重庆,从银行卡里取了现金,在重庆玩了几天,去西藏的路依旧被封了。于是舒

越突然对我们说,让我们仨先回上海,她打算去红川小学支教,和肖寒寒一起把那些孩子培养成人。

"你确定你没有在说胡话?"我们异口同声地问。

"没有,我已经想了好几天了。"她说。

"那你爸爸妈妈会同意?会舍得你?他们就你一个孩子啊!"

"我爸妈都在监狱里,我回上海也是一个人。"

"但是这里的条件很艰苦啊,你这种娇生惯养的小姐行吗?"

"肖寒寒不也是独生子女吗?他不是也坚持下来了!"舒越回答。

"可他是男孩,还是有些不一样的。"许见说。

"没关系啦,我认识的女生支教的也很多啊。"舒越回答。

"你真的确定自己不是心血来潮,不是被一时感动?"我还是不放心。

舒越说她本来想去西藏就是想去自杀或者巴不得高原反应结束自己的生命的。他的爸爸妈妈都被判了刑,家里的房子车子都已被没收了,她在上海找不到活下去的意义了。所以她想留下来,试着寻找活下去的理由。

我们没有理由再怀疑她的坚定了,纷纷表示对她的敬佩。

许见把切诺基卖了,把钱汇给了肖寒寒,让他建一间能抗风雨的教室。这辆切诺基是他爸爸送给他的十八岁的生日礼物,已跟随了他近四年了。现在他要让这辆车完成他的心愿。

我们是坐火车回上海的,许见告诉我们,他想去西藏也是

想去赎罪的,因为那天在地铁站里,他看到小偷偷我的相机却不敢吱声,以至造成马悦被打致伤。这件事一直让他感到非常的耻辱。这次见到了肖寒寒,我看到了我们这代人的精神气质所在。我们一直听老师说,很多大学生的眼睛是没有精神气的,学校每年都要开除200多学生,有些人还特意跑到甘肃去自杀。

所以他回到上海后很快就去创业,他说要赚很多钱,去建更多的希望小学。

而我和马悦则一如既往地坚持自己留学的梦想,我们申请了美国的几大顶级名校。

一个月后,我和马悦申请的美国学校的录取通知都下来了,我去耶鲁大学读金融,他去哈佛读哲学。好在这两所学校相隔并不遥远。

毕业的那天,我和马悦要去美国留学了。许见又乘地铁送我们去机场,在等地铁的时候,许见终于又见到了那位偷我相机的小偷,他立即一步上前抓住了他,搏斗中,许见的右臂被划伤了,但在我们和地铁工作人员的帮助下,终于制服了小偷。

来到机场,机场的大屏幕正在播放许见抓小偷的新闻,新闻说,这个小偷是大四学生,因找不到工作又不想回农村老家种地便当上了小偷。这位小偷居然还参加过选秀,但在初试就被淘汰了,这是郑炜也参加过的选秀。

许见觉得内心轻松了许多。

在机场大厅,我们意外地又碰到了成铭,自从我们去旅行后,成铭就把她的照相馆转给了表妹经营,她专心经营她和同学的专利,居然在网上找到了买家,这次去美国就是去进行商务谈判的。

我一问航班,居然和我们是一架航班。

许见问成铭回来后是否愿意给他打电话!

成铭莞尔一笑:"你有我的微信,你会知道我什么时候回来的!"

进了海关,我在书摊上看到梁漱溟先生的书《这个世界会好吗?》。我很喜欢这个书名,它以朴素的设问提出了人生的大问题。这个世界会好吗?事在人为,未来中国的分量和质量,就在我们每个人的手上。

书的封面上赫然地写着:无论中国怎样,请记得:你所站立的地方,就是你的中国;你怎么样,中国便怎么样;你是什么,中国便是什么;你有光明,中国便不再黑暗。

我一下子买了十本,打算到美国后分送给同学们看。

我在心里说:我们大学毕业了,成年了,今后不论我们站在中国还是美国,我们怎么样,中国就怎么样!

我们责无旁贷!

图书在版编目（CIP）数据

致大四/朱慧君，李雨及著.-上海：上海文艺出版社.2014.5
ISBN 978-7-5321-5208-7
Ⅰ.①致… Ⅱ.①朱…②李… Ⅲ.①长篇小说-中国-当代
Ⅳ.①I247.5
中国版本图书馆CIP数据核字（2014）第085638号

本书系上海文化发展基金会资助项目

责任编辑：乔　亮
封面设计：钱　祯
插　　图：李雨及

致大四

朱慧君　李雨及　著
上海世纪出版集团
上海文艺出版社　出版
200020 上海绍兴路74号
上海世纪出版股份有限公司发行中心发行
200001 上海福建中路193号 www.ewen.cc
上海交大印务有限公司印刷
开本850×1168　1/32　印张9.625　插页2　字数176,000
2014年5月第1版　2014年5月第1次印刷
ISBN 978-7-5321-5208-7/I·4116　　定价：29.00元

告读者　如发现本书有质量问题请与印刷厂质量科联系
T: 010-89565680